LE ROI OSCAR
quatre racontars arctiques

du même auteur chez le même éditeur

les racontars arctiques
La vierge froide et autres racontars (1993)
Un safari arctique et autres racontars (1994)
Un curé d'enfer et autres racontars (1996)
Le voyage à Nanga, un racontar exceptionnellement long (1997)
Un gros bobard et autres racontars (1999)
Le canon de Lasselille et autres racontars (2001)
Les ballades de Haldur et autres racontars (2004)

trilogie *La maison de mes pères*
1) Un récit qui donne un beau visage (1995)
2) Le piège à renards du Seigneur (1995)
3) La fête du premier de tout (1995)

cycle *Le chant pour celui qui désire vivre*
Heq (1995)
Arluk (1996)
Soré (1997)

Le jour avant le lendemain (1998)

La maison des célibataires (1999)

La faille (2000)

trilogie *Le garçon qui voulait devenir un Être Humain*
1) Le naufrage (2002)
2) Leiv, Narua et Apuluk (2002)
3) ... et Sølvi (2002)

du même auteur chez d'autres éditeurs
Les racontars arctiques (10/18)
La maison de mes pères (10/18)
Le chant pour celui qui désire vivre (10/18)
Pani, la petite fille du Groenland (Le Livre de Poche Jeunesse)

Jørn Riel

LE ROI OSCAR

quatre racontars arctiques

Traduit du danois par
Susanne Juul et Bernard Saint Bonnet

GAÏA EDITIONS

Les racontars rassemblés
dans cet ouvrage
ont déjà fait l'objet d'une publication :

Le dressage d'un Lieutenant,
Une condition absolue
et *Le Roi Oscar*
sont extraits de *La vierge froide et autres racontars* (Gaïa, 1993).
La balle perdue
est extrait de *Un safari arctique et autres racontars* (Gaïa, 1994).

Le dressage du Lieutenant
a fait l'objet de quelques modifications
en début de texte par rapport à l'original.

ISBN 2-84720-047-9

Illustration de couverture :
© Eiler Krag
Mise en couleurs : Julien Fassel

En conformité avec la loi n°49-956 du 16 juillet 1949
sur les publications destinées à la jeunesse.

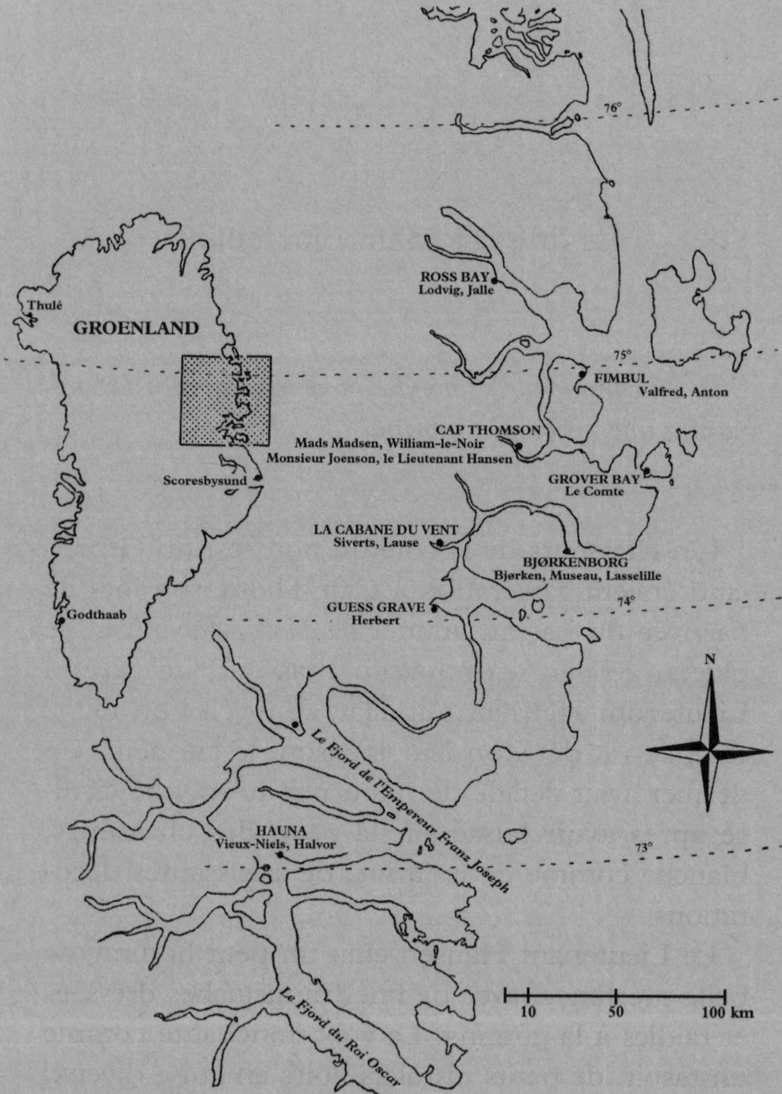

Thulé
GROENLAND
Scoresbysund
Godthaab
76°
75°
74°
73°
ROSS BAY
Lodvig, Jalle
FIMBUL
Valfred, Anton
CAP THOMSON
Mads Madsen, William-le-Noir
Monsieur Joenson, le Lieutenant Hansen
GROVER BAY
Le Comte
LA CABANE DU VENT
Siverts, Lause
BJØRKENBORG
Bjørken, Museau, Lasselille
GUESS GRAVE
Herbert
N
Le Fjord de l'Empereur Franz Joseph
HAUNA
Vieux-Niels, Halvor
10
50
100 km
Le Fjord du Roi Oscar

Le dressage d'un Lieutenant

... ou comment s'y prendre pour ramener un Lieutenant à une vision plus normale des choses...

Les chasseurs de la côte du nord-est du Groenland étaient rassemblés à Cap Thompson lors de l'arrivée du bateau annuel, la *Vesle Mari*. Avec le bateau arrivait un nouveau chasseur, un certain Lieutenant Hansen, qui allait se révéler un digne remplaçant de Monsieur Joenson, le tatoueur. Ce dernier avait décidé de retourner au monde civilisé après avoir laissé sur la peau des chasseurs, blanche comme de la farine, de saisissantes décorations.

Le Lieutenant Hansen était un petit homme de belle prestance, avec de fines moustaches dressées et raidies à la gomina. La voix tranchante comme un rasoir, de petits pistolets noirs en guise d'yeux, il arborait culotte et bottes de cheval. Le Lieutenant Hansen avait fait partie des dragons du Jutland, étudié l'art de la guerre à Fredericia et était issu d'une bonne famille. Mads Madsen confia à ses nombreux amis qu'il craignait le pire.

Dès sa première journée à Cap Thompson, le Lieutenant Hansen montra qu'il débordait d'idées grandioses. Avant que le soleil ne soit à l'ouest, il avait organisé une réunion en plein air, devant la maison, en un endroit qu'il ne devait pas tarder à baptiser le Champ de Mars. C'est là qu'il exposa son royal projet aux chasseurs éberlués.

« Je suis nouveau au Pays Polaire, commença-t-il par dire, j'ignore tout du terrain et du climat. »

Les chasseurs acquiescèrent, trouvant le propos raisonnable et modeste. Le Lieutenant continua :

« C'est cependant sans importance, parce que j'ai de puissantes relations sur lesquelles je puis compter. » Il haussa sa voix pointue et métallique. « Nous allons constituer une unité, nous serons comme un poing, un poing d'acier qui frappe impitoyablement. »

« Qui va-t-on frapper ? » demanda Bjørken soudain intéressé.

« L'ennemi, asséna le Lieutenant. La Compagnie de chasse m'a autorisé à créer une milice dans cette zone, en accord naturellement, et en partie en coopération, avec les autorités militaires de la Métropole. »

« Diable, dit Valfred secouant la tête avec inquiétude, il y a encore la guerre là-bas en bas ? »

« Pas encore, mais la guerre arrive, prophétisa le Lieutenant Hansen, la guerre est toujours à la porte. Si elle arrive ici, elle ne nous prendra pas au dépourvu. C'est pour cela que j'ai tout pouvoir ici pour constituer et entraîner une compagnie. »

« Comment comptes-tu t'y prendre, Hansen ? » demanda Herbert.

« Lieutenant Hansen, rectifia le Lieutenant. Eh bien, je vais constituer un noyau de défense à partir du matériel et du personnel qui se trouvent sur place, un noyau invincible qui pourra, rapide comme l'éclair, déferler n'importe où et contre n'importe qui et écraser l'intrus. »

« Qui c'est, l'intrus ? » demanda Lasselille, qui n'avait pas compris grand-chose.

« C'est l'ennemi, jeune homme, l'ennemi qui est partout, encore invisible mais pas moins présent pour cela. J'ai étudié la stratégie, et j'en connais un rayon sur le travail sournois de l'ennemi. Nous allons défendre ce pays – il se haussa – pour la Nation et pour le Roi », dit-il solennellement.

« Et pour les Groenlandais », ajouta Valfred.

Bjørken hochait la tête, songeur. « Ouais, ouais,

ça sonne assez juste tout ça. Et si tu es venu ici pour ces raisons, je suppose qu'on peut difficilement se débiner. Pourvu que tu ne déranges personne avec ta milice, nous n'avons pour sûr rien contre. »

« Vous serez ce noyau, hurla le Lieutenant, vous seuls pouvez défendre cette immense étendue. Ma tâche est de vous entraîner, de faire de vous les troupes d'élite du nord-est du Groenland. »

« Ça prendra beaucoup de temps ? » demanda William-le-Noir, pensant avec inquiétude à la chasse aux phoques de l'automne.

« Ça dépendra de votre volonté et de votre ardeur à apprendre », répondit le Lieutenant.

Il se trouve qu'il en va ainsi en Arctique : jamais on ne rejette une idée a priori, primo parce que cette idée pourrait, à y regarder de plus près, se révéler intéressante, secundo parce qu'on y voit toujours l'occasion de longues conversations et de discussions instructives entre chasseurs. Voilà pourquoi l'on ne repoussa pas d'emblée le projet du Lieutenant Hansen et qu'on le laissa développer son plan dans les jours qui suivirent, tout en pesant le pour et le contre.

Personne n'était vraiment pressé de quitter Cap Thompson. L'été avait encore de beaux jours devant lui et vivre ensemble entre copains apportait encore quelque chose. Surtout après l'arrivée du Lieutenant Hansen. On laissa le Lieutenant donner ses causeries du soir sur la guerre. Et on se pointait, débonnaire, pour un peu d'exercice sur le Champ de Mars où l'on avait, sous l'autorité pleine d'expérience du Lieutenant, appris à jongler avec les vieux 89, à claquer des bottes de fourrure et à se laisser tomber sur le ventre quand il en donnait l'ordre.

En fait ce fut seulement le jour où le Lieutenant ordonna la revue du samedi, à laquelle tout le monde devait se présenter propre comme un sou neuf, peigné, les armes astiquées, que l'on trouva que ça commençait à bien faire. Les hommes se demandèrent entre eux comment s'y prendre pour détourner les pensées du Lieutenant de la guerre vers la chasse, vers l'ordinaire en quelque sorte. Certes, jouer les troufions avait pu divertir un moment, mais il y avait des limites à ce qu'on pouvait demander à un chasseur adulte. Le Lieutenant devait passer l'hiver avec Valfred qui s'était retrouvé seul après qu'Anton eut déménagé pour aller chez Herbert, et tout le monde s'accordait sur le fait qu'il valait mieux dégourdir Hansen avant de le lâcher sur la cabane de Fimbul.

Un matin, après l'appel, Mads Madsen suggéra donc :

« Écoute, mon Lieutenant, maintenant que nous avons appris à manier le fusil, à tomber sur les fesses et tout ça, est-ce que ce ne serait pas une bonne idée d'aller un peu sur le terrain ? »

Le Lieutenant Hansen se promena un moment de long en large devant le rang de soldats.

« Très bien, Madsen. L'idée est excellente ; elle aurait très bien pu venir de moi. Demain nous partons en manœuvres. »

« Si je peux dire quelque chose, avança Bjørken, je propose un petit tour sur l'inlandsis. C'est de toute évidence par là que déboulera l'ennemi. »

« Expliquez-vous », claqua le Lieutenant.

« Eh bien oui, personne ne peut arriver de l'est, n'importe quel idiot peut comprendre ça, puisque la banquise y fait obstacle. Et comme il ne peut venir de l'est, il doit arriver par l'ouest, puisque le nord et le sud sont exclus pour des raisons géographiques. »

« Affirmatif, concéda le Lieutenant Hansen, vous faites preuve à la fois de sagacité et de subtilité, Bjørk, et vous devrez au plus tôt être nommé caporal. »

« Merci beaucoup, mon Lieutenant. » Bjørken porta la main à son bonnet de laine avec un sourire niais.

Ils partirent très tôt. Ils, c'étaient les trois de la station Bjørkenborg, plus Herbert, Valfred, Mads Madsen et son compagnon William-le-Noir. Et il y avait Siverts, Lause, Lodvig et le jeune Anton. Et puis, naturellement, le Lieutenant. Les douze hommes emmenèrent un traîneau avec des provisions, tiré par huit chiens que l'été avait engourdis.

Après avoir trotté à travers la Vallée des Cailloux ils entamèrent l'ascension sur la glace à la Rivière des Deux Hommes. En cet endroit la montée était assez aisée. La glace était uniforme et la pente assez douce pour que les chiens puissent tirer tout seuls le traîneau. Le Lieutenant Hansen marchait en tête. Avançant à grandes enjambées, il s'essouffla rapidement. Avant d'être à mi-côte il ordonna une halte.

« Maintenant nous allons devoir mener une reconnaissance minutieuse du pays », dit-il, en portant les jumelles à ses yeux. Les chasseurs s'assirent sur le traîneau et contemplèrent le chef.

Les verres des jumelles se couvrirent rapidement de glace à cause de la respiration haletante du Lieutenant, qui les garda pourtant devant les yeux avec entêtement.

« On pourrait peut-être se bouillir un petit café », proposa Herbert. Il prit la casserole accrochée au montant du traîneau et la remplit de neige.

« Alors je vais faire un somme en attendant », murmura Valfred qui se renversa sur le chargement du traîneau.

Le Lieutenant, qui s'était maintenant convaincu qu'il n'y avait pas de mouvement de troupes ennemies en vue, dit d'une voix rude :

« Pas de café et pas de repos, les gars. On continue. »

Arrivés tout à fait en haut, sur l'inlandsis même, cette croûte de glace couvrant tout l'intérieur du pays, les chasseurs estimèrent qu'ils étaient assez loin. Sans un mot, tous furent d'accord pour se débarrasser du Lieutenant le plus rapidement possible.

Mads Madsen rattrapa l'officier et, avec un salut bâclé au capuchon de son anorak :

« Si je peux me permettre, Monsieur le Lieutenant, je propose que le Lieutenant se noue une corde autour de la taille. »

« Que voulez-vous donc que je fasse avec une corde autour de la taille, mon bon Madsen ? »

« Le Lieutenant peut voir qu'ici, sur la glace, il y a de vilaines fentes, recouvertes par la neige. On peut très facilement tomber dedans, surtout si, comme le Lieutenant, on mène l'avant-garde. »

« All right, répondit le Lieutenant soudain accommodant. Donnez-moi donc une corde,

Madsen. » Il n'appréciait guère l'idée de tomber dans une crevasse et de laisser ses hommes sans chef.

Deux solides traits de chiens furent noués ensemble et un mousqueton attaché à la ceinture du pantalon du Lieutenant Hansen. Et ils reprirent leur progression. Mads Madsen avait indiqué le chemin le plus sûr pour se rendre à des nunataks, qui émergeaient quelques kilomètres plus loin. De ces petites crêtes de rochers nus on avait la vue libre de tous côtés, et il était dans l'intention du Lieutenant d'y installer des postes d'observation.

En moins de cinq minutes le Lieutenant Hansen avait disparu. Tous savaient qu'il allait disparaître, mais ce fut quand même la surprise quand, tout à coup, on ne le vit plus. Sans un bruit le pont de neige sous Hansen s'était brisé et, avant qu'il ait le temps d'émettre le moindre son, il avait disparu.

Bjørken, qui conduisait le traîneau, arrêta les chiens, mais assez lentement pourtant pour que le Lieutenant descende de deux bonnes longueurs de traits dans les profondeurs. Ils l'entendirent hurler des ordres d'en bas et hochèrent la tête d'un air entendu.

« Eh bien, je crois qu'il est temps de se la prendre, cette goutte de café », dit Herbert avec un petit sourire.

« Si toutefois le Lieutenant n'y voit pas d'inconvénient, ajouta William-le-Noir en rigolant. Mais j'en suis presque sûr. »

« Si je peux dire ce que je pense vraiment, il n'y a pour l'heure pas de limite à ce que le Lieutenant permet, ajouta Valfred. Et si vous autres n'avez rien contre, je vais m'allonger quelques minutes ; cette marche à pied jusqu'ici était épuisante. »

« Tu as marché pour la Nation et pour le Roi », rappela Mads Madsen.

« C'est bien possible. » Valfred se coucha sur le côté et posa ses deux mains sous la joue. « C'est bien possible, et maintenant je vais dormir pour l'Europe entière et pour tout ce qu'il y reste de rois. »

Ils s'assirent sur la fourrure du traîneau tout près de la crevasse et construisirent un muret de neige pour abriter le réchaud. Ils écoutèrent avec intérêt ce qu'avait à dire le Lieutenant et commentèrent des passages particulièrement réussis avec de petits hochements de tête et de larges sourires.

Quand l'eau se mit à bouillir ils ajoutèrent le café et laissèrent le tout bouillir une fois encore. Puis ils s'installèrent confortablement avec les tasses chaudes entre les mains et commencèrent à bavarder.

Ils parlèrent de tout et de rien. De l'année passée, une excellente année somme toute, et des copains, qui étaient partis ou bien reposaient maintenant en position horizontale sous un tas de pierres ou dans la mer. Puis vint la nourriture, un sujet qui les occupa plus d'une heure. Bien sûr ils eurent une pensée pour le Comte, qui s'était chargé de la corvée de cuisine et qui pour cela avait été dispensé de participer aux manœuvres. Il y eut ensuite un vide dans tout ce bavardage, où ils écoutèrent le Lieutenant, qui n'était pas encore remonté de son trou et qui jurait pis que pendre.

« N'a-t-il pas parlé de cour martiale ? » s'enquit Herbert, étonné.

« J'ai eu cette impression, rigola Anton. Ça n'a pas quelque chose à voir avec la fusillade et la déportation, ça ? »

« Je ne comprends pas pourquoi il ne remonte pas », susurra Siverts d'un ton bigot. Il se pencha au-dessus de la crevasse et contempla le Lieutenant en bas.

« Dis donc, le maestro, faudrait penser un jour à remonter. On va finir par se prendre des gelures aux fesses s'il faut rester ici plus longtemps. »

Des sons rauques montèrent des profondeurs.

« Qu'est-ce qu'il dit ? » demanda Lause.

« Vous ne pouvez pas lui demander de la fermer, grommela Valfred du traîneau. Impossible de dormir avec ce boucan. »

Siverts retira sa tête :

« Je ne peux pas répéter ce qu'il dit, dit-il. Je n'ai tout simplement pas envie d'utiliser ce genre de vocabulaire. J'en viens à penser que le Lieutenant manque de courtoisie. » Il regarda Bjørken. « Tu es sûr qu'il ne peut pas se hisser avec les bras ? »

« Tout à fait sûr, répondit Bjørken. J'ai mouillé la corde, elle est lisse comme une patinoire. »

Mads Madsen soupira profondément :

« Il y a des gens à qui c'est rendre un mauvais service que de céder à leurs quatre volontés, dit-il doucement. C'est parfois dur de faire l'éducation de ce genre d'individus. En plus, on pourrait aussi bien mettre les bouts : ce qu'il a à dire n'est pas particulièrement édifiant. »

Ils rangèrent tasses et fourrures, fichèrent solidement un piquet de fer dans la glace et y attachèrent la « laisse » du Lieutenant Hansen. Et puis ils descendirent la croûte de glace tout en se livrant à des pronostics sur le temps pendant lequel le Lieutenant s'accrocherait encore à ses prérogatives d'officier. Valfred dormit profondément pendant toute la descente et ne se réveilla qu'à l'odeur du repas que le Comte avait enfin fini de mitonner.

« Vous ne croyez pas qu'il a froid là-haut ? » demanda Lasselille, inquiet. Ils étaient assis devant la maison et se réjouissaient de la nuit tranquille. La mer bougeait lourdement sous une houle mate et lisse comme de la glycérine. Au loin des icebergs dérivaient lentement vers le sud. L'eau tombait goutte à goutte des blocs de glace échoués sur le rivage, et dans la petite baie derrière la maison quelques hirondelles de mer criaient après un goéland qui leur avait chapardé un poisson.

« Vous ne croyez pas qu'il a froid ? » répéta Lasselille. Les hommes le regardèrent avec paresse. Mads Madsen fit un effort et répondit :

« Si... je suppose que si. »

« Est-ce qu'il pourrait mourir de froid ? » demanda Lasselille. Il était jeune et avait du mal à se contenter du silence merveilleux de la nuit.

Mads Madsen se renversa dans la bruyère et son regard se perdit dans l'immensité bleue du ciel.

« Je suppose que oui », répondit-il.

Bjørken tourna son visage vers le soleil et s'imprégna de chaleur.

« Je ne crois pas qu'un homme enragé puisse mourir de froid. Quand on est vraiment en colère, on dégage comme qui dirait des vapeurs de chaleur. Être vraiment furieux est aussi efficace que d'avoir dans le dos un dragon qui vous lance des flammes, ça je peux vous le dire. »

Il faisait là une subtile allusion à l'ornementation fantastique qu'il portait lui-même sur les plats-de-côtes.

Valfred, qui avait dormi profondément pendant des heures et des heures se leva sur le coude.

« Au diable vos bavardages, grogna-t-il. On se croirait au milieu d'un régiment de bonnes femmes. De quoi parlez-vous ? »

« Du Lieutenant », répondit Lasselille.

« Ah oui, du Lieutenant. » Valfred eut un sourire narquois. « Ça fera un compagnon très bien. Hé, hé. Fichtre, heureusement que nous l'avons expédié dans le trou, sinon nous autres, en surface, on n'en aurait probablement jamais fini d'être en manœuvres... » Il gloussa d'aise comme un homme provisoirement reposé. « J'ai connu autrefois un phénomène de cet acabit, dit-il, qui avait lui aussi des idées bizarres. Il avait passé des années en taule – à la célèbre prison d'état d'Horsens – et ça il arrivait pas à l'oublier. Chaque matin, il continuait à faire la "promenade" autour de la cabane. Il marchait en rond, avec les mains dans le dos, en calculant à voix basse le nombre de tours qu'il liquidait. Après cent vingt tours il était prêt pour le petit-déjeuner. Drôle de type. »

Lasselille se pencha avec intérêt : « Qu'est-ce qu'il est devenu depuis, Valfred ? »

« Ça, c'est une bonne question. » Valfred gratta

son nez rugueux et regarda au fond des yeux bleus et innocents du jeune homme.

« Il me semble bien l'avoir tué », dit-il calmement.

« Tué ? » Lasselille regarda le vieux chasseur avec terreur. « Pourquoi ça, Valfred ? »

« Parce que, tu vois, il avait apporté un phono, cette andouille. Et ça, il aurait jamais dû. C'était une de ces caisses noires avec poignée et tout le bastringue, et quand il était remonté, il jouait ma foi assez joliment. Le problème, c'était qu'il n'avait apporté qu'un disque. Il avait passé tant de temps en taule qu'on en avait presque fait un homme distingué. En tout cas il était fou de classique, comme il appelait ça, et le disque était un cantique de pèlerins ou quelque chose dans ce genre. Bon, moi, j'ai jamais rien eu contre les pèlerins. Pour moi ils peuvent marcher et chanter tant qu'ils veulent, pourvu que je ne sois pas obligé de les écouter. Mais c'était pas possible. Le disque tournait du matin au soir et même des fois la nuit. Et quand j'avais entendu ces pèlerins chanter la même chanson quelques milliers de fois, j'en avais assez. Dès qu'il mettait le disque, je me réveillais, et ça, ça rend nerveux. Alors, un jour, j'ai pris le disque, je suis sorti de la maison, je l'ai planté dans la neige, j'ai reculé de vingt pas, et j'ai descendu cette calamité d'une décharge de chevrotine. Quelle histoire ! »

« Mais ça ne pouvait pas tuer le collègue, avança Lasselille. C'est le disque que tu as descendu, Valfred. »

« Oui, oui, je parlais comme qui dirait au figuré, dit Valfred. Mais quand j'ai eu descendu le disque, le collègue lui aussi était déjà pratiquement mort. Ce disque, c'était comme les promenades “dans la cour”. Il pouvait pas vivre sans. »

« Il s'est tué d'un coup de fusil ? »

« Non, il s'est pendu. Il a décroché le gigot de renne, que nous avions toujours suspendu au plafond, et il s'est pendu à la place. Quand je suis rentré de la tournée des pièges et que j'ai voulu m'en couper une bonne tranche en guise de quatre heures, j'ai failli trancher une des fesses de Monsieur le gibier de potence. Quelle histoire, Lasselille. On doit toujours être prudent quand on fréquente des gens qui ont des idées. C'est comme le Lieutenant là-bas, en haut. »

« En fait, je n'aime pas l'idée qu'il reste suspendu comme ça à se balancer autour de sa ceinture », dit Lasselille.

« Le Lieutenant non plus, certainement », ricana Herbert.

Valfred secoua la tête et pensa avec un peu

d'inquiétude que c'était lui qui aurait Hansen sur le dos pendant tout l'hiver.

« J'espère qu'on arrivera à le dégourdir un peu avant la fin de la saison », soupira-t-il.

Les hommes hochèrent la tête. Ils comprirent le soupir de Valfred. Parce que ce n'était pas drôle d'avoir à envisager un long hiver en compagnie d'un militaire à moitié fou. Le Comte les empêcha d'approfondir le sujet en sortant la tête par le battant supérieur de la porte et en annonçant :

« Messieurs, un petit rafraîchissement de minuit sera servi dans quelques instants. »

Valfred plaqua sur-le-champ ses méditations mélancoliques et se leva avec une rapidité surprenante.

« De quoi s'agit-il, Comte ? »

Les yeux du Comte brillaient de fierté quand il répondit :

« Deux bouteilles de vin à l'étiquette de Château Lafitte et des petits gâteaux sucrés que je viens d'inventer et de baptiser "Cœurs de Lieutenant". »

Il était tard dans la matinée quand les hommes gravirent à nouveau la croûte de glace. Ils étaient de bonne humeur et se réjouissaient à l'idée de voir de quelle manière le temps et la crevasse auraient travaillé le Lieutenant.

Valfred, qui devait donc hiverner avec l'individu en question, fut le premier à glisser la tête dans la crevasse et à crier dans les profondeurs.

« Hé, là-dedans, y'a quelqu'un ? »

Quelques reniflements étouffés, puis une voix cotonneuse répondit :

« Aidez-moi à sortir. »

« C'est Hansen ? » s'assura Valfred.

« Oui, aidez-moi à sortir. » Le timbre métallique avait changé dans la voix de Hansen, qui semblait maintenant un peu rouillée.

« Chasseur Hansen ? » demanda Valfred pour être complètement sûr.

« Oui. »

« Et que fait le chasseur Hansen dans une crevasse de glacier ? » s'étonna Valfred.

« Je suis tombé dedans. » La réponse était faiblarde.

« Est-ce qu'on peut défendre la Nation et le Roi et les Groenlandais à partir de là, Hansen ? »

« Non. » Le chasseur Hansen avait encore un peu de colère dans le corps, qu'il essayait de réprimer. Mais c'était apparemment trop dur, au-dessus de ses forces.

« Aidez-moi à sortir, nom de Dieu ! » explosa-t-il.

Valfred continua sans s'en laisser conter :

« Pour se résumer, on ferait peut-être mieux de

laisser tomber toute cette histoire de défense, mon petit Hansen, et de nous consacrer à des occupations plus utiles et plus ordinaires, n'est-ce pas ? »

« Mon projet est autorisé par la direction, dit Hansen avec rage. Aidez-moi à sortir, c'est un ordre ! »

« Holà, c'est mauvais tout ça. » Valfred retira la tête. « Je pense qu'il lui faut encore un peu de temps, dit-il à ses amis. Je ne pense pas qu'il soit encore tout à fait mûr, c'est comme un gigot de mouton fumé, plus on le laisse reposer, mieux c'est. »

Mads Madsen était d'accord avec Valfred.

« Chaque chose en son temps, dit-il, laissons à Hansen tout ce dont il a besoin. Nous ne sommes pas pressés. » Il se tourna vers Herbert. « Si on prenait un peu de café, Herbert ? Avec tous ces "Cœurs de Lieutenant" j'ai la bouche un peu pâteuse. »

Ils firent bouillir du café, et l'allongèrent d'un délicieux schnaps. C'était un schnaps au goût fort et rond, que Bjørken avait apporté, et qui avait été distillé selon un processus long et compliqué que seuls Bjørken et Museau connaissaient. Une heure passa encore, pendant laquelle ils accordèrent au Lieutenant le loisir de réfléchir.

Après le café, affalés, ils laissèrent le schnaps

leur réchauffer le sang dans tout le corps et prirent plaisir au magnifique spectacle. La glace étincelait et flamboyait dans la lumière du soleil ; la grande coulée de glace par laquelle ils étaient montés mouillait comme un long coup de langue la vallée couverte d'herbe. Ils voyaient les sommets des montagnes de la côte, pointus comme des alênes, et la mer qui était verte et ressemblait plutôt à une prairie au printemps.

Valfred s'était endormi et n'entendit pas quand la voix dans les profondeurs gémit.

« Je cède, Valfred, je cède. »

Les autres chasseurs réveillèrent Valfred. C'était lui qui allait passer l'hiver avec Hansen, c'était donc à lui qu'il revenait de mener les négociations. Valfred quitta le traîneau et se coucha près de la crevasse.

« Tu as dit quelque chose, Hansen ? »

« Je cède », répéta le chasseur Hansen.

« Qu'est-ce que tu cèdes ? » Valfred mit la main derrière l'oreille et écouta attentivement.

« Je renonce à la défense, souffla Hansen. Je mets un terme à mes activités. »

« Tu deviendras donc une personne ordinaire, comme nous autres ? » demanda Valfred.

« Tout ce qu'il y a de plus ordinaire », promit Hansen.

« Tu veux sortir ? »

« Oui, merci, Valfred. »

C'est un chasseur Hansen congelé qu'ils hissèrent à la lumière, et à qui ils donnèrent un énorme schnaps pour l'aider à se réchauffer.

Hansen montrait une certaine sagesse dans les yeux qui roulaient çà et là sans se poser sur rien de précis, et il y avait quelque chose comme une douce résignation dans ce regard-là. Il avait dû perdre ses anciens yeux-pistolets dans la crevasse.

Au deuxième schnaps, il commença à décongeler. Mads Madsen lui massa les membres de ses gros poings, et Bjørken et Museau lui cognèrent violemment sur le dos et dans le ventre. Lodvig, qui avait un cœur d'or, lui frotta le visage avec un fond de schnaps, preuve évidente qu'on lui voulait le plus grand bien.

« Alors, chasseur Hansen, voyons si cette cure a été efficace. Je crois que tu es comme neuf, dedans comme dehors. »

Hansen hocha la tête. Il était à peine capable de penser. Il était mort de fatigue d'avoir été suspendu par la ceinture et n'avait plus qu'un désir : se coucher sur le traîneau et dormir. Mais Valfred occupait déjà la place.

« On y va », décida Bjørken. Il prit Hansen par

l'épaule et l'aida à se lever. « Voilà, compagnon, c'est dur d'être chasseur, tu peux me croire. »

Et, à moitié endormi, bras ballants et moustaches tombantes, traînant les pieds, le chasseur Hansen redescendit de l'inlandsis avec ses compagnons.

Une condition absolue

… où Laurits Evaldius, dit Lause, et Siverts en arriveraient presque à nous faire douter des bienfaits de la civilisation…

Laurits Evaldius apporta avec lui la civilisation en Arctique. Il avait des tas de livres dans sa valise, dont plusieurs dans des langues étrangères ; et aussi des raquettes de tennis, des pantalons de golf et un casque colonial en liège, toutes choses qui devaient vite se révéler totalement inutilisables.

Laurits, ou Lause, comme il accepta qu'on l'appelle, quitta la *Vesle Mari* après un voyage sans histoire, sans histoire du fait qu'il l'avait passé dans sa couchette où il était resté cloué, terrassé par le mal de mer et incapable de saisir ce qui se passait autour de lui. Il monta à bord de la yole à moteur de la Cabane du Vent pour s'y laisser porter par son futur compagnon, Siverts.

Siverts était rouquin et passait pour simplet. C'était une crème d'homme, doté d'un tempérament placide et qui disposait d'une excuse pour la plupart des situations. Maintenant que les deux hommes étaient appelés à se côtoyer tout un hiver, tout le monde sur la côte était curieux de voir comment évolueraient les choses.

Lause visita la station. Il avait retrouvé la santé et fit le tour des lieux à la manière d'un sergent d'état-major en inspection, relevant défauts et points de non-conformité. Siverts trottait sur ses talons en excusant tout. Quand le cadre intérieur fut passé en revue, ils continuèrent avec l'extérieur.

« Il pourrait être commode, dit Lause, que vous me montriez les toilettes. »

Il était civilisé et ne tutoyait donc pas n'importe qui.

« C'est-à-dire, hé, hé. » Siverts eut un rire niais. « Un vrai système de chiottes, on peut pas s'en offrir. » Il montra les chiens.

« D'habitude nous prenons un des larbins là-bas et partons un peu à l'écart avec. »

Lause regarda son compagnon de station avec dégoût.

« Mais c'est immonde, dit-il, nous allons sur-le-champ remédier à cet état de choses. »

Et on y remédia. Lause démolit de ses propres mains une des trois cabanes annexes et commença à se construire des tinettes avec les planches ainsi récupérées. Ça promettait de devenir de belles tinettes avec porte et fenêtre et planche d'assise rabotée. Il en décora l'intérieur avec des photos découpées dans les magazines illustrés qu'il avait apportés et quand il eut fini, il était possible, tout en restant assis à l'intérieur le temps requis, d'étudier la vie à Londres à l'époque de Dickens ou de lire la recette d'une salade de homard ou encore de faire des mots croisés.

Il fallut un mois et demi à Lause pour édifier la construction. Mais, à ce moment-là, c'était devenu, non seulement les plus belles, mais encore les seules toilettes du nord-est du Groenland. Il les peignit d'une brillante couleur orange, tellement vive qu'il était possible de trouver la maisonnette, même dans les pires bourrasques de neige.

Les toilettes furent soigneusement colmatées avec des morceaux de toile à sac et il y avait du sable et du gravillon sur le sol. Elles furent ensuite, en prévision de la nuit polaire à venir, dotées d'une petite lampe à pétrole. Lause était tellement content de ses cabinets qu'il envisagea, pendant plusieurs semaines, de mettre un rideau devant la fenêtre, mais ce fut un projet sans suite.

Siverts ne se mêla pas de cette histoire. Il continuait à chercher un des chiens à l'attache, comme il l'avait toujours fait, et n'avait encore aucun désir d'essayer la maison de Lause. Il regrettait un peu que la cabane annexe se soit volatilisée vu qu'autrefois, on y stockait les skis et les attelages des chiens. Mais, d'un autre côté, on devait sans doute faire des concessions à un homme qui lisait des livres étrangers, jouait au tennis et possédait un casque colonial. Lause avait connu des conditions plus aisées et devait bien naturellement disposer de toilettes.

Au bout d'un moment, il s'était non seulement habitué à l'idée de cette maison orange, mais était même prêt à avouer qu'elle s'inscrivait à l'avantage de la station. Surtout quand on la voyait en arrivant par la plage. Elle témoignait qu'ici vivaient des gens civilisés, jouissant de conditions sanitaires adéquates. Siverts pensait de plus en plus à cette maison. Il voyait Lause y entrer et l'imaginait confortablement assis à l'abri du vent, lisant les inscriptions sur les murs et regardant les images. C'est surtout par les jours froids et venteux que son regard s'attardait sur la maison. Dans ces moments-là, cela n'avait rien d'une partie de plaisir que d'être accroupi dans la montagne, une forte bise entre les fesses et un clébard féroce qui vous tournait autour.

Le désir d'essayer ces commodités lui vint lentement, furtivement. Cela prit de la force avec le temps et devint, un jour, impérieux. Siverts exposa le cas à Lause qui, secouant la tête, se mit à marcher de long en large.

« Voilà qui est extrêmement contrariant, répétait-il sans arrêt. Je suis le propriétaire des toilettes, et des toilettes, on doit les avoir pour soi tout seul. Vous en conviendrez, Siverts. Mais d'un autre côté, il est vrai que nous devons nous côtoyer dans cette station pendant une année entière et de préférence sans incident, je peux donc difficilement vous refuser l'accès à ces lieux de temps à autre. »

Dès que Siverts eut en main la clef pour se rendre dans les lieux en question, il sortit par la porte d'un bond comme s'il avait le feu au derrière.

C'était un événement émouvant. Pour Siverts, les tinettes devinrent un peu comme l'eau-de-vie. Il ne pouvait plus s'en passer. Évidemment c'était la maison de Lause, qu'il fallait naturellement à chaque fois solliciter pour avoir la clef, ce qui était à la fois embarrassant et humiliant. Mais une fois installé là-bas à regarder à travers la petite fenêtre, il oubliait toutes ces contrariétés. Dans ces moments-là, Siverts sentait qu'il était quelque chose, que malgré les nombreuses années passées en Arctique, ses racines poussaient encore quelque part, là-bas en bas, dans la civilisation. Il pensait avec compassion aux chasseurs autour de lui qui faisaient encore cela dehors, par tous les temps, et il se sentait à la fois différent et supérieur. Il était un homme sur tinettes. Il était, dans ces moments d'extase, le seul homme du nord-est du Groenland à être assis dans des lieux d'aisances. Une pensée presque étourdissante.

C'était bien vrai que Lause avait apporté la civilisation. Et quand on a vécu de nombreuses années sans les plaisirs ni les malheurs de la civilisation, c'est une curiosité bien légitime que de retrouver comment c'était avant qu'on vienne en Arctique. Le bouche-à-oreille répandit bientôt cet événement qu'était l'édification de la petite maison de Lause et au début de l'hiver les gens commencèrent à venir jusqu'à la Cabane du Vent pour voir comment une telle maison fonctionnait réellement.

D'abord arriva William-le-Noir. Il voyageait seul et avança donc rapidement. Le but du voyage était un petit hameau groenlandais près de l'Île aux Oies où il avait, plusieurs années auparavant, rencontré une fille qu'il n'arrivait pas à oublier. La route pour l'Île aux Oies passait par la station de chasse de Siverts.

William parla à ses hôtes de la fille à qui il allait rendre visite. Il le fit dans un langage extraordinairement sobre pour lui, car Lause l'avait déconcerté en lui disant « Monsieur » et « vous ». Tout en se répandant en éloges sur la beauté de la fille, il se tapait avec inquiétude sur le ventre.

« L'attente s'est logée là-dedans, expliqua-t-il. On devient toujours un peu bizarre dans le ventre quand on est sur la route pour voir une gamine délicieuse. On dirait que le ventre fonctionne un peu trop, si vous voyez ce que je veux dire. »

Lause hocha la tête mais ne dit rien. William-le-Noir se leva.

« Dis donc, demanda-t-il, y'a une clef à votre maison ? »

Lause hocha à nouveau la tête. Il farfouilla dans l'échancrure de son chandail islandais, tira sur un fil et en sortit la clef.

« Je porte la clef », dit-il calmement.

« Je pourrais peut-être l'emprunter pour une visite de courte durée ? demanda William. Rapport au ventre qui fonctionne pas normalement. »

Il prit sa casquette et tendit la main.

« Non », répondit Lause.

William resta interdit.

« Non ? répéta-t-il, incrédule, en lâchant la poignée de la porte. Tu as dit non ? Il n'est peut-être pas permis aux voyageurs d'utiliser vos chiottes ? »

« Mes chiottes, corrigea Lause. Non ! Ce n'est pas permis ! Vous pouvez prendre n'importe quel chien à l'attache, celui que vous souhaitez, mais les chiottes restent fermées à clef. »

Siverts s'agitait sur sa chaise, anxieusement. C'était la pire infraction aux règles de l'hospitalité dont il ait été témoin.

« Mais il est notre hôte, protesta-t-il vaguement. Tu penses pas que nous devons laisser à nos visiteurs certains droits ? »

« Non, répondit Lause. La maison est à moi et elle restera fermée à clef. »

Il toisa Siverts d'un regard dédaigneux.

« Vos sympathies me laissent froid. »

« Mais on ne peut pas laisser les visiteurs... je veux dire, quand nous avons une maison », balbutia Siverts.

« Si vous êtes mécontent de ma résolution, Siverts, vous aussi vous pouvez, à partir de ce jour, vous servir des chiens », coupa Lause.

Siverts mit rapidement un bémol :

« Ce n'est pas ce que je voulais dire, pas du tout », expliqua-t-il, car l'idée de perdre ses droits ne l'enthousiasmait guère.

William-le-Noir, qui avait écouté l'échange de répliques avec un agacement croissant, siffla :

« Ça, c'est vraiment une putain d'hospitalité. Rien que parce qu'on souffre un peu du ventre et qu'on voudrait emprunter la clef de la maison, c'est le bordel... »

Il dévisagea Lause.

« Tu crois peut-être que t'es quelque chose ? T'es peut-être plus propre et plus précieux que des gens ordinaires parce que t'as des chiottes ? »

« Si on a des chiottes, on est quelque chose, répondit Lause. Peut-être avez-vous des chiottes, monsieur William ? »

Le coup avait porté. William-le-Noir étouffait dans sa rage. Il n'avait jamais été exposé à un tel traitement. Que faire avec un homme qui ne voulait pas livrer la clef des petits coins ?

« Pas question de rester une minute de plus chez des enfoirés de votre espèce ! » hurla-t-il, furieux. Et passant le sas bruyamment, il claqua la porte.

Siverts se leva et regarda, humilié, le traîneau s'éloigner à fond de train dans le paysage, avec un William vociférant installé derrière le montant. Lause, pas affecté le moins du monde, resta assis à table à jeter sur le papier un système de chasse d'eau qu'il avait l'intention d'installer le jour où la rivière débâclerait.

Il y eut d'autres visiteurs à la Cabane du Vent. Des visiteurs qui arrivaient tous avec la même attente que William. Mais aucun n'eut accès à la maison orange.

La clef était suspendue par une ficelle autour du cou de Lause et elle y restait. Les visites s'espacèrent et cessèrent tout à fait, peu après Noël.

Siverts et Lause s'étaient partagé les tâches de la station selon leurs compétences. Siverts, sans conteste le meilleur chasseur des deux, s'occupait donc des pièges et de la chasse en général. Lause, qui avait certains talents domestiques, était responsable de tout le travail intérieur. Il faisait la cuisine, le ménage et il avait appris étonnamment vite à dépecer les renards ramenés par Siverts.

Au titre d'une espèce de dédommagement pour pouvoir utiliser la maison orange, Siverts devait cependant vider le seau une fois par mois. C'était une tâche qui normalement aurait dû être incluse parmi les tâches domestiques, mais Lause resta inflexible sur cette exigence.

C'était une corvée plutôt désagréable qui était ainsi imposée à Siverts. Moins du fait que cela n'avait rien d'esthétique, que parce qu'il était extrêmement difficile d'extraire le contenu du seau pendant l'hiver. Tout était évidemment complètement gelé. Seule la chaleur de la cuisinière, dans la salle de séjour, pouvait décoller suffisamment le bloc sur les côtés et dans le fond, pour qu'on puisse le transporter hors de la maison et jusqu'à la plage, où la glace l'emporterait tôt ou tard à la mer.

Siverts apportait donc chaque mois le seau galvanisé dans la maison, attisait vigoureusement le feu et mettait les matières du mois à décongeler.

Or, il arriva qu'un jour, au cours de ce processus, les chiens se mirent à aboyer furieusement du côté de la rivière où ils étaient attachés. Siverts venait de mettre le seau à chauffer et était en train de sortir le traîneau qui devait transporter le bloc.

Pas de doute possible : c'était leur manière d'aboyer à l'ours. Siverts laissa le traîneau, attrapa son fusil et sortit d'un bond de la maison. Lause, qui, à cette époque-là, n'avait encore jamais vu d'ours vivant, saisit son appareil photo et emboîta le pas à son compagnon.

Ils repérèrent l'ours et le suivirent un bout de chemin dans le fjord, où les chiens parvinrent enfin à le retenir. C'était un solide et grand gaillard qui rugissait, faisait des manières et qui n'aurait pas demandé mieux que de sauter sur les deux chasseurs si les chiens ne s'étaient pas interposés.

Siverts chargea une cartouche et abattit l'ours d'un élégant tir à la volée. Lause bourra huit fois son appareil photo de l'ours mort, changea de pellicule et demanda à Siverts d'appuyer sur le déclic alors qu'il posait, la tête de l'ours sur les genoux.

Ils « déhoussèrent » l'ours sur la glace et allèrent chercher le traîneau pour ramener la viande. Les chiens eurent droit aux intestins sur place, et le reste de l'ours fut transporté et posé sur le séchoir à la plage. La chasse avait été bonne et c'étaient deux chasseurs exaltés qui revinrent à la station.

Quand ils entrèrent dans la maison, le seau des tinettes était en train de bouillir sur la cuisinière. Ça crépitait gentiment dans le grand seau, le contenu débordait et coulait lentement sur les côtés, pour enfin s'évaporer avec effervescence sur les rondelles chauffées à blanc. Il ne paraît pas nécessaire de décrire la puanteur qui emplissait la maison.

Ce petit oubli brouilla Siverts et Lause. Siverts maintenait que c'était le travail de Lause que de nettoyer à l'intérieur, et Lause jura sur son honneur que le seau des chiottes et tout inconvénient qui en découlait concernaient Siverts.

Il en résulta que Siverts prit son sac de couchage en peau de renne et coucha à la belle étoile sur l'un des traîneaux. Il s'installa suffisamment loin de la maison pour rester hors de portée des émanations.

Lause, qui n'avait pas, lui, de sac de couchage en peau de renne, et qui, de toute façon, n'aurait sûrement pas tellement apprécié de coucher à la belle étoile, car la civilisation avait encore une forte emprise sur lui, se mit une pince à linge sur le nez, ouvrit grand portes et fenêtres et se glissa en jurant sous ses couvertures. Ainsi passèrent deux jours et deux nuits. Le troisième jour, Siverts partit à la chasse ; Lause céda et sortit le savon noir.

Au retour de Siverts, la maison brillait. L'odeur était encore un peu raide, mais il était cependant possible de séjourner à l'intérieur sans s'exposer à un malaise. Les deux colocataires ne se parlaient plus. Ils faisaient la cuisine chacun de son côté, avaient chacun sa lampe et dormaient à des moments différents. Le pire, c'était que Lause n'offrait plus la clef des tinettes à Siverts, et Siverts était d'un naturel trop fier pour la lui demander.

Ce furent des moments douloureux pour Siverts, lui qui avait adoré séjourner dans les petits cabinets ; l'envie de sentir à nouveau la planche finement rabotée sous les fesses le rendait presque fou furieux. Un moment il envisagea sérieusement d'amener Lause à la raison en lui filant une dégelée pour lui enlever la clef de la manière forte. Mais avant d'avoir eu le temps de mettre à exécution ce forfait, une tout autre idée lui vint.

Il démolit l'une des deux dernières cabanes annexes et commença à construire sa propre maison. Il l'édifia tout près de celle de Lause et en fit la copie exacte. La maison fut montée rapidement parce que Siverts n'avait rien d'un manchot. Au plus froid de janvier, sous les aurores boréales et les étoiles, il taillait sa maison à coups de hache.

Cela devint une maison presque extravagante, car il alla jusqu'à la doter de deux fenêtres. Une tournée vers le fjord, où la vue s'étendait jusqu'au Cap de Marie, et l'autre tournée vers la fenêtre de Lause. En plus, il introduisit une amélioration qui le dispensait de la corvée de seau. Il ménagea à coups de hache un trou dans le mur arrière, un trou juste assez grand pour qu'un chien puisse s'y glisser et prendre soin de l'assainissement des lieux.

Lause considérait l'ouvrage avec aigreur. Il ne disait toujours rien car on ne parle pas à un parfait crétin comme Siverts. Mais il louchait vilainement et commençait à ourdir divers complots contre la nouvelle maison.

Le jour où Siverts inaugura ses tinettes, Lause était déjà installé dans les siennes. Chacun sur sa planche rabotée fixait l'autre méchamment au travers des deux petites vitres. Siverts faisait des grimaces pour gêner Lause, mais Lause, en homme civilisé qu'il était, se contentait de lui renvoyer simplement un regard glacial. Ils restèrent à se regarder ainsi, droit dans les yeux, jusqu'à en grelotter de froid.

Voici comment les choses évoluèrent. Quand un des deux allait à la maison, l'autre suivait. Ça dégénéra peu à peu en une guerre totale où toutes les vacheries étaient permises. Siverts commença par donner de bénins coups de pied dans les murs de Lause. Lause lava immédiatement cet affront en arrachant le cadenas de la porte de Siverts. Cette effraction amena Siverts à jeter un caillou à travers la fenêtre de Lause, un vandalisme auquel Lause riposta instantanément en détruisant du coude les deux vitres de Siverts. Pendant quelques jours ils restèrent ainsi, à s'aboyer après dans un épouvantable courant d'air.

Un matin, Siverts trouva son compagnon en train d'allumer un feu devant la nouvelle maison, et cela le rendit à ce point furieux qu'il cogna l'audacieux pyromane ; si efficacement d'ailleurs qu'il dut aussitôt après l'aider à s'aliter.

A dater de ce jour, ils n'allèrent plus aux W.-C. qu'armés. Portes et fenêtres réparées, ils purent à nouveau rester assis sans courant d'air à se regarder, chacun s'appuyant sur son fusil.

Ce n'est qu'au mois de mars que cette situation

tendue évolua, parce qu'au mois de mars un vent violent venu de l'inlandsis arracha les deux maisons. D'abord il embarqua celle de Lause, puis celle de Siverts. Il porta les maisons jusqu'au bord de la mer gelée, les livra violemment à la pression des glaces et expédia finalement les planches loin dans le fjord.

Lause et Siverts regardèrent ça sans rien pouvoir y faire par la fenêtre de la Cabane du Vent.

« Mes toilettes », se lamentait Lause désespéré.

« Sans parler des miennes ! hurla Siverts. Qu'est-ce que c'est que cette histoire, merde ? »

« Putain de pays », pleurait Lause.

« Putain de tempête », renchérit Siverts.

Ils se regardèrent. Le malheur commun mit un terme à leurs différends de ces derniers mois. Lause alla à la cuisinière.

« N'avez-vous pas faim, Siverts ? demanda-t-il. Je peux arranger quelque chose à manger rapidement, si vous avez faim. »

« Pas question, je peux bien faire ça moi-même », dit Siverts en s'approchant de la cuisinière.

« Taratata. » Lause le poussa sur une chaise. « C'est moi qui suis responsable des tâches ménagères, ne l'oubliez pas. C'était convenu comme ça. »

Siverts hocha la tête :

« Comme tu veux. »

Il sortit son couteau et commença à gratter quelques taches de lard sur son pantalon.

« Quand cette tempête sera finie, vaudrait mieux que je retourne contrôler les pièges. Ils ont sûrement tous claqué. »

Il lorgna vers Lause qui, à genoux, était un train de sortir les mâchefers de la cuisinière.

« J'ai dépouillé le dernier renard il y a tellement longtemps que c'est à peine si je me souviens comment on fait », dit Lause.

Ils mangèrent un petit rôti de bœuf musqué, cuit à la marmite et flottant dans une délicieuse sauce aux airelles. Ils burent de la bière maison. Après ils tapèrent les cartes et Lause servit du café et de l'eau-de-vie. Une véritable soirée de fête.

« Dis donc, Lause, dit Siverts alors que, les cartes une fois rangées, ils restaient à somnoler sur leurs chaises. Je suppose que ce n'est pas une bonne idée de construire de nouvelles chiottes. »

Lause le regarda étonné :

« De nouvelles chiottes, vous dites ? Mais bien sûr que nous allons avoir de nouvelles chiottes, cela va de soi. C'est tout simplement une condition absolue pour survivre dans ce foutu pays. Nous prenons la dernière cabane annexe et nous nous comportons en hommes civilisés. »

Siverts posa sa barbe contre la poitrine et soupira, résigné. Il pensait combien tout était facile avant que les tinettes ne débarquent dans le nord-est du Groenland. Et il pensait qu'il lui faudrait sûrement pas mal de temps encore pour réapprendre à côtoyer un homme civilisé.

Le Roi Oscar

... où Halvor noie sa déception dans le schnaps, et où Vieux-Niels se montre bien imprudent dans ses amitiés...

Vieux-Niels et son compagnon s'achetèrent un cochon. Ce n'était qu'un petit cochon quand il débarqua de la *Vesle Mari* mais, au fil des mois, il devint de plus en plus grand et gros.

C'était vraiment un gentil cochon. Et à en croire Vieux-Niels, c'était aussi un joli cochon. Ils l'appelèrent le Roi Oscar, du nom du fjord où ils habitaient.

Le Roi Oscar eut sa propre maison. Une cabane à charbon qui avait été calfeutrée avec des mottes de gazon et équipée d'une vieille cuisinière qu'on avait placée au milieu de la cabane. Le Roi Oscar était donc chaudement et joliment installé. Bien sûr, il fallait maintenant laisser les morceaux de charbon dans la neige, mais même si le gel les agglutinait et que la neige colmatait le tas, cela en valait la peine. Selon Vieux-Niels en tout cas. Si bien que le cochon était à l'aise et prospérait.

Il ne fallut pas si longtemps avant que le Roi Oscar ait ses habitudes. Il hurlait quand il avait faim, ce qui était presque toujours le cas, et hurlait quand il manquait de compagnie, ce qui arrivait très souvent. Vieux-Niels adorait ce cochon, mais son compagnon, qui s'appelait Halvor, le détestait.

Vieux-Niels et Halvor n'étaient pas des travailleurs acharnés. Ils surveillaient bien sûr les pièges qu'ils avaient posés, mais c'était vite fait parce qu'ils les posaient tout près de la station, à Hauna. Ils n'étaient ni assidus, ni ambitieux, parce qu'ils n'avaient pas de projet de retour en Europe et considéraient donc que ce n'était pas la peine d'amasser trop de peaux. Quand ils avaient faim, ils tuaient un des bœufs musqués qu'il y avait toujours en quantité suffisante dans les vallonnements derrière la cabane et, si une envie de friandise les prenait, il y avait des perdrix des neiges dans la montagne, des petits phoques de fjord et des huîtres sur les rochers qui affleurent par marée basse. Les peaux qu'ils prenaient grâce aux pièges leur assuraient charbon, pétrole, alcool du commerce et autres articles de première nécessité.

Avec le temps, Vieux-Niels et le Roi Oscar furent de plus en plus comme cul et chemise. On aurait presque pu dire qu'il y avait désormais trois personnes à la station de chasse à Hauna. Et trois personnes dans la même galère, ce n'est jamais bien. La compagnie du cochon suffisait à Niels, et cela agaçait au plus haut point Halvor. Non qu'il fût jaloux du Roi Oscar, Grands Dieux non ! Seulement il se sentait bien mieux à l'époque où Vieux-Niels et lui-même vaquaient, chacun de son côté, à leurs occupations. Non, il était tout bonnement furieux de voir tous les soins que Vieux-Niels prodiguait au cochon.

Parfois le Roi Oscar n'avait plus faim mais n'en criait pas moins pour autant. Alors Vieux-Niels allait le chercher à la porcherie. Il le portait jusque dans la petite salle de séjour de la cabane de chasse et, là, il restait avec le cochon sur les genoux pendant des heures, le grattant derrière les oreilles, ou à la racine de sa queue en tire-bouchon, avec le bout de sa pipe. Le Roi Oscar ronronnait et grognait de plaisir dans le cou de son protecteur. Ils se plaisaient ensemble, ces deux-là.

Et plus Vieux-Niels et son cochon passaient de

temps ensemble, plus Halvor fulminait. Qu'il doive partager la salle de séjour avec Niels au quotidien, passe encore, mais que son maudit cochon y soit aussi, c'en était trop. Il râlait et faisait la gueule et tapait du poing sur la table, mais cela ne servait à rien. Niels et Oscar le regardaient simplement et écarquillaient les yeux, sans rien comprendre.

Vint un jour où le cochon fut trop gros pour que Vieux-Niels puisse le porter. Il essaya bien de lui mettre l'un des colliers des chiens et de le tirer jusqu'à la maison, mais cela n'alla pas du tout. Le cochon était trop fort et se débattait violemment. Le Roi Oscar ne voulait pas être mené en laisse. C'est donc Vieux-Niels qui, muni d'une lampe à pétrole, alla installer sa chaise dans la porcherie où il se mit à lire l'un des deux livres de la maison. À savoir *Instructions, connaissances nautiques et navigation dans le Sud-Groenland* et l'*Ancien Testament*. Il lisait en grattant distraitement le derrière du Roi Oscar. De temps à autre, il parlait avec le cochon de ce qu'il avait lu, ou il citait quelques lignes de l'*Ancien Testament* qui lui semblaient édifiantes pour une paire d'oreilles de cochon.

Halvor souffrait. Halvor était de ces hommes qui sont condamnés à souffrir. D'abord, il souffrait de la compagnie de Niels et d'Oscar, parce que Vieux-Niels était un cochon qui ne se lavait jamais et, sur ce point, le Roi Oscar ressemblait parfaitement à son maître et souverain. Ensuite, Halvor souffrait parce que Niels parlait sans arrêt de son petit monde à lui, qui était bizarre et, à bien des égards, tout à fait incompréhensible pour Halvor. Mais Halvor souffrit surtout quand Niels alla s'installer chez le cochon dans la porcherie. Il souffrit alors parce qu'il n'avait plus aucun sujet d'irritation et se sentit alors très seul. C'était la nuit polaire, cette époque où justement on a besoin de compagnie.

Après presque un mois passé dans ces conditions, Halvor s'adonna à des tentatives de séduction. Il prépara de délicieux petits pains à la farine blanche et offrit à Niels du café fort avec du sucre candi. Rien n'y fit. Niels resta chez le cochon.

Halvor se mit alors à brasser de l'imiaq – la bière groenlandaise – et il distilla de l'eau-de-vie qui n'était pas sans garder un petit goût amer mais qui, cependant, avait de quoi satisfaire la soif d'un homme altéré. Halvor faisait tout cela parce qu'il ne supportait plus de rester seul soir après soir. Il porta la bière et l'eau-de-vie dans la porcherie et les posa devant Vieux-Niels et le cochon, puis il attendit derrière la cuisinière pour voir comment ses cadeaux seraient reçus. Mais ces deux-là, Niels et Oscar, le virent à peine. Ce fut au moins son impression. Ils se parlaient comme si Halvor n'existait pas le moins du monde et c'est seulement quand il fut reparti qu'ils se servirent des boissons.

Vieux-Niels avait toujours bu. Mais le cochon s'y mit aussi. Il eut des maux de ventre et Vieux-Niels le gava d'eau-de-vie, car il savait d'expérience que c'était un remède à la plupart des maux. Le ventre se calma. Et le Roi Oscar de changer de caractère ! Il devenait, comme Vieux-Niels l'expliqua au malheureux Halvor, à proprement parler, humain.

C'est à ce moment qu'Halvor commença à haïr. Il haïssait Niels et il haïssait Oscar. Surtout il se haïssait lui-même. Il restait seul dans la silencieuse salle de séjour, cultivant sa haine. Il se saoulait tous les soirs, en se goinfrant de petits pains de blé. Vieux-Niels trouvait qu'il devenait bizarre mais se rassurait en se disant qu'il l'avait sans doute toujours été. Avant, sa singularité n'avait qu'un effet intérieur, maintenant elle apparaissait même à l'extérieur. Un jour, Halvor se mit à pleurnicher et dit qu'il avait été tenté par une femelle.

« Ah bon », répondit Vieux-Niels, débonnaire. Il avait lui-même, dans ses jeunes années, été tourmenté par des cauchemars de ce genre.

« Eh oui, dit-il, vaudrait sûrement mieux que tu

ne touches pas à l'eau-de-vie pendant quelques jours, petit Halvor. M'est avis que t'as besoin d'une purge. »

Mais Halvor jurait qu'il disait la vérité.

« Elle m'a tenté au-dessus de mes capacités », hoqueta-t-il et, se cachant la tête dans les bras, il se mit à sangloter, secoué de tout son corps.

« Allons, allons, allons, le consola Niels. Ne prends pas cela au sérieux, Halvor. C'est quelque chose qui travaille comme un moulin dans le crâne quand on est jeune. »

Il attrapa la bouteille d'eau-de-vie devant Halvor et la glissa dans la corbeille de nourriture du Roi Oscar.

« ... au-dessus de mes forces, sanglotait Halvor. Une vraie garce avec un groin et une queue en tire-bouchon. »

Vieux-Niels le laissa en paix. Il alla chez le Roi Oscar et lui exposa la situation.

« Hé, hé, j'ai bien l'impression qu'il fréquente une de tes copines, petit Oscar, rigola-t-il en grattant l'oreille rugueuse du cochon avec le bout de sa pipe. Qu'est-ce que tu penses de ça, mon ami ? »

Niels s'assit sur la chaise et ouvrit le livre.

« Ce soir je crois qu'on va se farcir un passage du *Cantique des Cantiques* », dit-il, et il se mit à lire lentement.

« Il y a soixante reines et quatre-vingts concubines et des jeunes filles sans nombre... » Il leva les yeux.

« Doux Jésus, quelle effroyable quantité de bonnes femmes il se procurait, ce Salomon. Heureusement qu'Halvor n'entend pas ça ! »

Au milieu de la période sombre, ce fut comme si Halvor se revigorait un peu. Il partait pour de longues tournées de chasse et revenait avec les joues rouges et des renards dans le sac. Mais ses yeux brillaient comme des boutons vernis et il était évident maintenant qu'il buvait autant à l'extérieur qu'à la maison. Puisqu'Halvor partait à la chasse, il était naturel que Vieux-Niels reste à la maison. Il y avait le cochon dont il fallait s'occuper et, de plus, il était responsable du ménage et du dépeçage des renards.

Il arrivait à Halvor de rentrer bouleversé. La première fois, c'était parce que le Vilain en personne avait voulu le rejoindre sur le traîneau, ensuite, ce fut Qubaia, un individu bizarre, moitié homme, moitié animal, qui l'avait raccompagné jusqu'à la maison. En ces occasions, Vieux-Niels voyant que le compagnon n'était pas loin du grand vertigo, apportait une chaise supplémentaire dans la porcherie et les deux hommes restaient ainsi, à la chaleur de la cuisinière, le cochon à leurs pieds. Niels lisait. Halvor écoutait et le Roi Oscar dormait. Halvor ne se sentait plus délaissé pendant ces soirées. Mais dès que le plus fort de son effroi s'était calmé, le vieux dégoût pour les deux autres lui revenait dans la porcherie, et il se retirait à nouveau dans la maison et la solitude.

Décembre arriva et le Roi Oscar était plus gros que jamais. Halvor aiguisait son couteau de chasse tous les jours et se réjouissait à l'idée du moment où une taillade dans la gorge du cochon mettrait fin à ses jours. Il était sûr que tout serait à nouveau comme avant. Niels reviendrait à la maison et ils passeraient à nouveau leurs soirées à jouer aux cartes et à causer de la vie sous ses divers aspects.

Un soir, Halvor dit à Niels :

« Oui, je suppose qu'il est bientôt temps. »

« De quoi faire, Halvor ? »

« De s'occuper du repas de Noël. »

« C'est vrai oui, c'est bientôt Noël. » Niels hocha la tête. « Je suppose qu'on descend un bœuf musqué comme l'année dernière ? »

« Moi, j'avais imaginé tout à fait autre chose », répondit Halvor avec un sourire féroce.

« Des perdrix ? Il n'y a pas de perdrix en cette saison, petit Halvor, et nous n'en avons pas congelé, que je sache. Moi, je tiens pour le bœuf. »

« Et moi, je tiens pour Oscar », répliqua Halvor en ayant du mal à réprimer la joie dans sa voix.

« Oscar ?! » Niels le regarda stupéfait. « Tu ne veux pas dire sérieusement qu'Oscar pourrait servir de repas de Noël ? »

« C'est pourtant bien la raison de sa venue ici », répondit Halvor.

« Oui, oui, à l'époque. Tout a changé depuis l'automne », protesta Niels.

« Nous l'avons acheté pour le bouffer à Noël. C'était comme ça et ça restera comme ça », décida Halvor.

« Pas question, pas Oscar. »

Halvor frappa de la main sur la table :

« Cette année, je veux du rôti de porc au menu. C'est clair, Niels. »

Il sortit son couteau et en caressa le tranchant. Niels, malheureux, regarda son compagnon.

« Tu n'es pas sérieux, Halvor. Tu aimes Oscar autant que moi. Comment pourrait-on le tuer ? »

« Comme ça, répondit Halvor en passant le dos de son couteau le long de sa gorge. Comme ça, clac, ça ira tout seul. »

Mais là, Niels se mit en colère.

« Tu ne touches pas à Oscar ! hurla-t-il. Au diable si je veux me débarrasser de lui ! »

« Je possède la moitié de ce cochon, ne l'oublie pas. »

« Alors je t'achète ta moitié. »

« Elle n'est pas à vendre », ricana Halvor, triomphant.

« Tu auras ma part des renards de l'année », hasarda Niels.

« Je veux du porc, je te dis. La moitié d'Oscar sur la table. »

Ils criaient de plus en plus fort et, à la fin, plus personne n'était capable de comprendre ce que hurlait l'autre. Enfin, Vieux-Niels d'un bond franchit la porte et la claqua dans un énorme fracas. Halvor salua sa sortie d'un gros rire hystérique. Il gesticulait dangereusement, le couteau au-dessus de sa tête en hurlant :

« La moitié d'Oscar sur la table, Niels, tu entends ! »

Vieux-Niels s'installa dès lors pour de bon chez le Roi Oscar. Il emporta son sac de couchage et son fusil et logea dans la cabane. Il ne faisait plus confiance à Halvor, avait un peu peur de ses yeux brillants, et alla jusqu'à verrouiller la porte de l'intérieur quand il se couchait.

La veille de Noël, Halvor se pointa devant la porte de la porcherie et cria à Vieux-Niels :

« Ouvre, Niels, je viens chercher ma part. » Et son rire fit frissonner Niels.

« C'est le diable en personne que tu trouves si tu entres », riposta Niels.

Il agrippa son fusil et en fit claquer plusieurs fois la culasse pour qu'Halvor comprenne qu'il était sérieux.

Halvor retourna à la cabane et s'arma d'une hache. Sur la pointe des pieds, il alla au pignon arrière de la porcherie et en enfonça les planches de quelques coups forcenés. Niels, qui ne s'attendait pas à une attaque par derrière, se retourna et tira en direction du trou. Cela mit en action le Roi Oscar. Avec un cri aigu, il sursauta, effrayé, prit de la vitesse, traversa le trou qu'avait fait Halvor avec la hache et courut droit entre les jambes de son boucher qui était pourtant paré, avec fusil et hache. Halvor tomba à la renverse et le Roi Oscar fila ventre à terre vers la grande vallée qui menait jusqu'à l'inlandsis. Vieux-Niels partit comme une fusée à travers le trou à la poursuite de son cochon adoré.

« Oscar, hurlait-il, reviens, petit Oscar, reviens ! »

Mais les projets d'Oscar étaient autres. Il trissait à travers la vallée, la neige l'enveloppant comme de la fumée.

Halvor riait aux larmes. Il était plié de rire et

arrivait à peine à tenir son fusil quand il tira sur le cochon.

« Maintenant je prends ma moitié, que tu le veuilles ou non, Niels. Yaha ! » clama-t-il, ravi, en voyant le cochon tourner comme une toupie et faire un bond gigantesque. Il rit. « Putain, ça c'est de la danse. C'était ton chant du cygne, petit Oscar. »

Halvor resta seul dans la station plus d'un jour et une nuit. Puis, revint Vieux-Niels. Il était sacrément engourdi et lapait l'âpre eau-de-vie comme du petit lait.

« Alors, Niels, dit Halvor, ça s'est quand même terminé comme je voulais. Et je pense qu'on devrait plus en causer. »

Il n'essaya pas de triompher parce que ce n'était pas dans sa nature. Il était simplement content du retour de Niels car maintenant tout redeviendrait comme avant. Pour lui, Niels pouvait bien vaquer à ses occupations domestiques, bien au chaud dans la maison, pendant que lui-même se chargeait, dans le froid, de la tournée des pièges, pourvu qu'ils puissent à nouveau passer des soirées agréables et confortables, comme avant d'avoir ce foutu cochon.

Mais Niels était devenu un autre. Il avait quelque chose d'évasif dans les yeux et il semblait avoir perdu l'envie de faire quoi que ce soit. Le soir, il bouffait ce qu'on posait devant lui et buvait docilement de l'alcool maison quand Halvor l'en pressait. Hébété, il dormait beaucoup. Halvor pensait que la nostalgie de son cochon allait sûrement se dissiper, et pour l'heure se satisfaisait de la simple présence de Niels à la maison.

Mais Vieux-Niels ne retrouva jamais sa bonne humeur. Quand arriva le printemps, il était encore bizarre et Halvor n'y pouvait rien. C'était comme s'il voulait rester seul avec son deuil ; et Halvor qui, finalement, était un bon copain, le laissait en paix. Il le nourrissait, pour l'empêcher de dépérir et il lui fournissait bière et autres nécessités vitales. Halvor se demandait naturellement comment la perte d'un cochon pouvait marquer à ce point un homme, mais pas une seconde il ne regrettait l'assassinat du Roi Oscar. Le cochon avait, à ses yeux, représenté pour Niels une fréquentation dégradante.

Halvor eut en toutes choses beaucoup d'égards envers Vieux-Niels, ce printemps-là. Il assura le plus gros du boulot, dehors comme dedans, et il fit des efforts pour parler de sujets qui, il le savait, faisaient plaisir à Niels. Jusqu'au dernier moment, il espéra arriver à entrouvrir la porte et à tirer le vieux, le gentil Niels, vers la lumière du jour.

La glace partit tôt, dès le début juillet. Halvor et Niels commencèrent à se rendre en montagne tous les jours pour guetter le bateau. Silencieusement ils gravissaient la montagne, restaient assis, à regarder silencieusement, puis retournaient silencieusement à la cabane. Jour après jour. Mais cette situation n'était pas trop grave, se disait Halvor, et pour tout dire moins pénible que pendant l'hiver où Niels se vouait totalement au cochon.

Enfin un jour arriva le bateau. Halvor tira un coup de fusil en l'air et agita sa casquette. C'était merveilleux de revoir le bateau. Cela signifiait des bons petits plats, du tabac, de l'alcool du commerce et de nouveaux visages. Halvor tira encore quelques coups et partit en courant annoncer la nouvelle à Vieux-Niels. Niels était assis au soleil devant la maison à regarder, engourdi, vers le fjord.

« Il arrive, Niels, hurla Halvor hors d'haleine, la *Vesle Mari* mouille là-bas ! »

Les deux compagnons firent route ensemble jusqu'à la plage. Tandis qu'Halvor parlait et gesticulait, Vieux-Niels gardait un silence de carpe.

La *Vesle Mari* tourna sa proue vers le large et jeta l'ancre. Ils entendirent la chaîne cliqueter à travers le tunnel et le capitaine stopper la machine. C'étaient des bruits chers et bien connus.

Halvor buvait des yeux les hommes en train de mettre une yole à la mer et d'y monter. Il ne pouvait pas se tenir tranquille et trépignait, impatient, au bord de l'eau, pour les accueillir. D'abord, on se serra les mains. Avec le capitaine et les autres. Ensuite on tira la yole au-dessus de la marque des marées et on mit le cap sur la maison.

« Eh bien, Halvor, dit le capitaine Olsen, tout a l'air normal ici. Vous avez passé un bon hiver ? »

« Très bon », répondit Halvor, heureux. Car c'était merveilleux d'entendre à nouveau des voix humaines. « Un hiver exquis avec une excellente chasse. »

Le capitaine rit :

« Oui, c'est en effet extraordinaire à Hauna. Où est-ce que tu caches Vieux-Niels ? »

« Il est resté là-bas. »

Halvor montra du doigt Vieux-Niels qui était resté à bouder un peu plus loin sur la plage.

« Où ça ? »

Le capitaine Olsen fronça les yeux pour mieux voir.

« Là-bas. »

« Ça ? »

« Ha, ha, oui, il est devenu un peu bizarre, le

vieux. Mais ça va sûrement passer maintenant que vous êtes arrivés », rit Halvor.

« Tu te fous de moi ou quoi ? grommela le capitaine. Ce cochon, là-bas, c'est Vieux-Niels ? »

« Ha, ha, ha. » Halvor se frappait les cuisses. « Elle est bonne celle-là. Faut reconnaître que Niels n'a jamais été particulièrement propre. »

« Ça, là-bas, c'est un cochon », maintenait le capitaine.

« C'est Niels », répondit Halvor un tantinet agacé.

« Ça, c'est la meilleure. » Le capitaine, furieux, tapait du pied. « Quand je dis que c'est un cochon, c'est que c'est un cochon. »

Halvor hurla hors de lui :

« Et quand je dis que c'est Niels, c'est que c'est Niels. Le cochon, je l'ai descendu avant Noël. »

Le capitaine Olsen resta comme foudroyé. Il prit Halvor par le bras et le regarda d'un air scrutateur. « Halvor, chuchota-t-il, si ça, là-bas, c'est Vieux Niels, alors, où est le cochon ? »

Halvor sourit largement et regarda le visage du capitaine avec des yeux qui brillaient comme des boutons bien astiqués.

« Le cochon, Olsen ? Mais nous l'avons mangé à Noël. »

La balle perdue

... où le placide Siverts prend conscience qu'une bonne colère peut avoir du bon, et qu'au bout du compte le hasard fait bien les choses...

Tous les ours blancs ne prennent pas leurs quartiers d'hiver. Et tous les ours en hibernation ne dorment pas jusqu'à la fin de l'hiver. Même pendant la période la plus froide et la plus sombre de l'année, on peut tomber sur un de ces randonneurs solitaires qui font l'impasse sur leur sommeil d'hiver ou qui, pour une raison ou une autre, ont été réveillés avant le retour de la lumière.

C'est un lascar de cet acabit qui s'en prit à Siverts à quelques kilomètres de la cabane de chasse la Villa de la Falaise. Événement frappant en soi, car au Groenland il est assez inhabituel que ce soient les ours qui chassent les hommes. Le plus souvent ils se cachent, et s'ils n'ont pas de chance, qu'ils sont découverts par les chiens, ils essaient de s'échapper. Mais cet ours-là était différent. Peut-être après quelques mois d'hibernation avait-il épuisé ses réserves de graisse et avait-il été réveillé par la faim qui le tenaillait, ou encore venait-il des alentours du détroit de Bering, où il est de notoriété publique que les ours ne sont pas tout à fait dans les normes et attaquent, tuent et dévorent leurs ennemis à deux pattes avec la plus grande délectation.

L'ours flaira Siverts et subodora la viande. Probablement pour la première fois depuis longtemps dans ce paysage figé. Siverts avait une odeur sympathique, c'est pourquoi l'ours se mit en embuscade et attendit patiemment. Siverts arrivait par les congères le long de la côte de Walsøe. Il était assis sur le traîneau, la pipe à la bouche, tout guilleret à l'idée d'arriver. Parce que la Villa de la Falaise était presque luxueuse. Une boîte de trois mètres sur deux où l'on pouvait se tenir debout. Avec une cuisinière basse sur pattes, une table à abattant et une couchette faite de douves de tonneaux. Avec ça, des coupures de journaux punaisées sur les murs, une caisse à charbon et un tonnelet d'eau.

Les chiens avançaient joyeusement dans le gel crissant de février, et le clair de lune était suffisant pour qu'on puisse s'orienter aisément. La glace illuminée était brillante, presque sans neige, et les ombres montaient, nettes et noires comme du goudron entre les amas de glace.

L'ours s'était tapi dans l'ombre entre deux blocs de glace dentelés, au-dessus du chemin du traîneau. Il resta bandé comme un ressort jusqu'au passage de Siverts. À ce moment-là, il se déplia et s'abattit sur le chasseur qui ne se doutait de rien.

Dire que Siverts fut surpris ne serait nullement une exagération. Il glissait tranquillement vers les splendeurs de la Villa de la Falaise et voilà que, subitement, il se retrouvait avec quatre cent livres d'ours sur les genoux. La surcharge arracha les sangles du traîneau et les patins s'aplatirent de chaque côté.

Siverts hurla d'horreur. L'ours hurla encore plus fort, mais de fureur. Il tourna la gueule vers Siverts et lui souffla de l'air chaud jusque sous le capuchon de son anorak. Ce fut immédiatement un grand chaos. Les chiens attaquèrent, ce qui ne fit qu'aggraver considérablement la situation. Ils sautaient, aboyaient autour de l'ours et eurent tôt fait d'entortiller tout le monde, l'ennemi, Siverts et eux-mêmes dans les longs traits d'attelage. L'ours grognait, et rugissait furieusement et faisait de grands moulinets dans l'air avec ses gigantesques pattes. La corde avant du traîneau se noua autour d'une des pattes arrière de l'ours, et le chien guide de Siverts – Whisky – profita de l'occasion pour planter ses crocs dans la plante noire et ne plus lâcher prise. L'air frémissait de hurlements, de cris et de grognements. L'épaisse corde, que les chiens avaient trouvé le moyen de dissocier des traits d'attelage, les ligota en un grand tas, et ce tas gesticulait au milieu du traîneau, de l'ours et de Siverts.

Sa première frayeur passée, Siverts reprit suffisamment ses moyens pour ramener ses jambes vers lui. Il constata que rien n'était cassé, poussa l'ours vers les chiens et quitta le traîneau en roulant sur le côté. Ensuite, il se sauva à toutes jambes vers la Villa de la Falaise.

Voyant son rôti détaler, l'ours, avec une force décuplée, fit sauter les cordes qui le retenaient, arracha d'un coup de dent la moitié de l'oreille de Whisky, se débarrassa des autres clébards et se mit à la poursuite du fugitif.

Jamais de sa vie Siverts n'avait couru si vite. Les semelles de ses kamiks effleuraient à peine la glace et soulevaient une fine poudre de neige.

Mais l'ours était plus rapide. Il s'engagea dans un galop tenace et gagnait du terrain, se rapprochant de plus en plus du chasseur malchanceux.

Derrière eux deux, venait le traîneau démantibulé, tiré par ceux des chiens qui n'étaient pas emberlificotés dans les cordes et qui avaient toujours quatre pattes disponibles. Le fusil de Siverts, malmené, glissait sur la glace derrière le montant cassé, sans utilité aucune.

Siverts sprinta comme s'il avait le diable en personne sur ses talons. Son thorax s'agitait comme un soufflet d'accordéon, il gémissait et sifflait, un goût de sang dans la bouche. Quand il entendit l'ours derrière lui, il fit ce que beaucoup d'autres bonshommes avaient fait avant lui. D'un geste prompt, il tira son anorak graissé au suif par-dessus sa tête et le lança loin sur le côté. Cela lui donna une petite avance. L'ours planta ses griffes dans la glace et freina brutalement. Il se jeta consciencieusement sur l'anorak dont il commença à dévorer une des manches. Mais le goût n'était pas à la hauteur du fumet. Cette partie de l'homme n'était ni vivante ni gorgée de sang. Enragé, l'ours déchira l'anorak en mille lambeaux, certain qu'il était de n'avoir aucun mal à rattraper le fuyard.

Siverts ne perdait pas son temps. Il allait à fond de train tout en passant sa chemise par-dessus sa tête pour qu'elle soit prête, la prochaine fois que l'ours se ferait trop pressant. Ce qui ne tarda pas ; quand il eut enfoui les vestiges de l'anorak loin sous la neige en les piétinant, il reprit la poursuite. Siverts abandonna sa chemise, et l'ours, qui ne voulait rien rater, la flaira, la goûta et en fit de la charpie.

Siverts s'était ainsi délesté de la plupart de ses habits en arrivant en vue de la Villa de la Falaise. Malgré le gel tranchant et le souffle glacial dû à la vitesse, son torse luisait de sueur pendant qu'il courait vers la maison en haut de la pente et qu'il en franchissait la porte. Il referma, verrouilla solidement derrière lui et s'appuya ensuite contre le dormant de la porte en soufflant comme une locomotive à vapeur.

« Eh bé ! il a failli avoir du bol avec moi, celui-là, gémit-il, essoufflé, sur la fin, ça tenait du vrai strip-tease. » Il tâtonna dans le noir et trouva les allumettes sur la cuisinière. Une fois la lampe allumée, il regarda autour de lui. Il y avait du charbon dans la cuisinière et une demi-noix de bœuf sur le séchoir. Il regarda dans le seau d'eau et constata avec satisfaction qu'il était plein de glace. Alors il s'assit sur la couchette pour souffler.

« Que diable font les clébards, murmura-t-il. Je suppose qu'ils sont restés accrochés dans les congères glacées, sur la plage. »

Siverts avait raison. Les chiens étaient retenus par les cordes prises dans les blocs de glace au bord de l'eau. Aucun d'eux n'avait assez d'astuce pour mordre sa corde, et après s'être grogné et jappé les uns après les autres pendant un certain temps, ils se couchèrent résignés, en attendant que Siverts revienne les libérer.

Mais Siverts n'avait aucune envie de sortir dans le noir. Il entendait l'ours fureter dans tous les coins et son fusil lui manquait cruellement.

« En supposant qu'il reste dehors, y'aurait presque de quoi tenir un siège de longue durée, se dit-il à lui-même, satisfait. Ici, y'a d'la chaleur, de quoi boire et bouffer, ce qui n'est pas le cas pour l'autre pomme dehors. » Il se leva et alluma la cuisinière. Le charbon avait été mis en place par le chasseur qui s'était servi du refuge en dernier, et la bouteille de pétrole pour l'allumage était prête sur la caisse à charbon. Bientôt une chaleur vivifiante se répandit dans la petite boîte ; Siverts tira la chaise de la maison et enfonça ses pieds nus dans le four. Il pensa qu'il avait eu de la chance de porter un pantalon en cuir de phoque et des kamiks : choses qui avaient occupé l'ours pendant bien plus longtemps que des habits de fabrication européenne n'auraient pu le faire.

« Si seulement on avait eu son fusil, pensa-t-il, tout aurait été parfait. » Il se pencha et attrapa la hache qui était posée contre le seau d'eau. Elle pouvait servir, mais seulement en cas d'urgence extrême, comme si, par exemple, il prenait à l'ours l'envie d'entrer se réchauffer. Le fusil était indispensable s'il fallait expédier le bonhomme. Siverts retira ses pieds du four et les posa sur la rampe en laiton de la cuisinière. Et il commença à calculer. Il y avait environ 100 mètres jusqu'à la plage où les chiens étaient probablement coincés. Cette distance pouvait, dans le meilleur des cas, être liquidée en 12 secondes, puisqu'il fallait ici compter avec des chiffres de records olympiques. Donc 12 secondes. À cela il fallait ajouter 5 secondes pour libérer le fusil à coups de hache, 2 secondes pour charger la culasse et viser, plus 2 secondes pour les impondérables. Au bas mot, 21 secondes. Le temps de l'ours était meilleur. Il courait deux fois plus vite que Siverts, et n'avait à se soucier ni de fusil, ni de chargement, ni de visée, et même si Siverts s'offrait 3 secondes grâce à l'effet de surprise en franchissant la porte, il arriverait de toute façon avec un handicap de 12 secondes.

Siverts s'y reprit à plusieurs fois pour ses calculs. Même en retranchant un peu, à plusieurs reprises, sur la vitesse de l'ours et en rajoutant un peu sur l'effet de surprise, le résultat restait à l'avantage de l'ours. Il renonça donc temporairement à cette éventualité, remplit la cuisinière de charbon et installa ses fesses nues au-dessus des rondelles chauffées à blanc. Le plus simple était maintenant d'attendre et de laisser les choses évoluer tranquillement.

L'ours faisait du raffut autour de la maison dans le froid. Affamé, il flaira par le chambranle de la porte, fit le tour de la maison plusieurs fois à petits pas et examina avec soin la forteresse de Siverts, à la recherche de points faibles. Siverts emmagasinait de la chaleur par le fondement et se réjouissait de la sécurité qui régnait à l'intérieur.

« M'est avis que tu devrais aller te coucher quelque part sur la glace, cria-t-il à l'ours à travers la mince cloison de planches ; un vieux diable aigri comme toi ne devrait pas se lever avant d'avoir fini de se reposer. » En réponse, l'ours grogna méchamment, ce qui donna des frissons à Siverts alors qu'il faisait maintenant une température très convenable dans la baraque.

« Holà ! cria-t-il, c'était seulement un petit conseil amical. »

Il fixa la porte alors que l'ours reniflait à toute force par les fentes, labourant l'huisserie de ses griffes.

Siverts saisit la hache.

« Tu gagnerais rien à devenir trop ingénieux, camarade, dit-il, parce qu'ici, j't'informe qu'y'a de la place pour un seul de nous deux. »

Des images de cabane de chasse dévastée lui traversèrent l'esprit. Il arrivait assez souvent que des ours y pénètrent et les rasent. Ils défonçaient les portes, écrasaient des boîtes de conserve pour en faire sortir le contenu, renversaient cuisinières, tables et chaises, arrachaient les couchettes des murs et sortaient souvent par les fenêtres, arrachant à l'occasion la totalité du chambranle. Il n'y avait pas de doute que cet ours, lui aussi, pouvait, sans problème, entrer chez Siverts s'il le souhaitait vraiment. Et Siverts avait le sentiment très net que c'était justement un de ses souhaits les plus vifs. Il resta longtemps près de la porte, la hache levée. Il resta si longtemps que son bras s'ankylosa. Il fut franchement soulagé en entendant l'ours reprendre sa ronde autour de la maison.

Une heure paisible s'écoula. Siverts supposa que le siège avait commencé et se mit à faire la cuisine. Il tailla à la hache quelques tranches gelées sur la noix de bœuf et les balança sur les rondelles de la cuisinière.

Bientôt la cabane se remplit d'un délicieux fumet de viande grillée, et dehors, l'ours se remit à renifler énergiquement par les fentes de la porte. Siverts mangea ses biftecks. Puis il remit du charbon dans la cuisinière afin de fondre de la glace pour le thé. C'est juste au moment où il remuait les braises que l'idée lui vint. Bien sûr ! Il regarda le tisonnier presque chauffé à blanc et reprit ses calculs. Cette petite surprise ferait plus que rééquilibrer le rapport de forces. Et si, en plus, il avait la chance, en passant, de pouvoir filer un coup de hache au gaillard, le fusil était pour ainsi dire dans la poche.

« Je tente le coup, bordel de merde », murmura-t-il, encouragé. Il enleva l'eau du thé de la cuisinière et retira le tisonnier. Siverts lui trouva l'air meurtrier, et il eut presque pitié de l'ours. Sans un bruit, il s'approcha de la porte sur la pointe des pieds, la déverrouilla et l'ouvrit tout grand.

L'ours était assis sur son large derrière. Étonné, il regarda l'homme à moitié nu. Mais avant qu'il se soit ressaisi et qu'il ait eu une réaction intelligente, Siverts lui avait enfoncé le tisonnier dans la poitrine et filé une claque avec le plat de la hache. Une flamme de douleur traversa l'ours. Il se renversa, hurla sauvagement, des brouillards rouges devant les yeux et une odeur de brûlé dans le nez. Il tomba dans la neige et empoigna l'arme terrible enfoncée dans sa poitrine.

Siverts volait en direction des chiens. Il arriva au traîneau en moins des 12 secondes olympiques. Le fusil était coincé sous un des patins. Siverts coupa la corde et le retira. Les chiens jappaient de joie en le voyant, mais il ne fit pas attention à eux. Il souffla la neige de la culasse et voulut armer. Sans succès. Il s'acharna comme un fou furieux, mais n'arriva pas à tirer la culasse.

« Putain, siffla-t-il, cette merde s'est coincée. » Il jeta un coup d'œil vers l'ours qui était toujours en train de hurler et de gesticuler en essayant d'éteindre l'incendie dans sa fourrure.

Siverts s'échinait sur le fusil. Il était tellement occupé qu'il en oublia de faire la seule chose qu'il y avait à faire, c'est-à-dire libérer les chiens. Ils couinaient, et râlaient, et jappaient, et faisaient tout ce qu'ils pouvaient pour essayer d'attirer son attention. Mais Siverts n'avait que son fusil en tête. Et même s'il avait beaucoup de secondes à son crédit, il ne pouvait rien faire. Soit cette saleté s'était voilée à être malmenée sous le traîneau, soit un petit morceau de glace s'était calé dans la culasse usée.

Quand enfin l'ours réussit à extraire le tisonnier et à le piétiner tellement profondément dans la neige qu'on ne le voyait plus, il s'intéressa de nouveau à Siverts. Il regarda vers les chiens en grommelant et vit son adversaire en train de s'exercer rageusement avec un autre tisonnier, encore plus long que le précédent. Cette vision fit rougir ses yeux de fureur et il retroussa les babines, découvrant ainsi ses longues dents jaunes. Sans un bruit, il se glissa vers le bord de l'eau.

Siverts le vit arriver. Il avait renoncé au fusil, mais ne pensa ni aux chiens, ni à la hache. Sa peau nue était bleue et couverte de chair de poule, mais à l'intérieur il commençait à bouillir.

Dans la vie quotidienne, il était imperturbable et débonnaire comme une tortue. En général, il donnait raison aux autres, si cela pouvait maintenir la paix, il n'avait pas de principes et il était très difficile à provoquer. Mais en cet instant précis, un fusil inutilisable dans les mains, observant l'ours perfide, il sentit une rage brûlante et profonde monter en lui. A l'image des Berserk nordiques de l'antiquité, il sentit la fureur prendre possession de tous ses muscles et les faire vibrer d'une envie de bataille. La vision de cet ours furieux lui fit l'effet que la décoction de ciguë faisait dans les temps anciens sur les tuniques en peau d'ours des Vikings. Son corps se tétanisa plusieurs fois, comme saisi par des crampes et son cerveau s'assombrit totalement dans l'humeur belliqueuse qui l'envahissait.

Siverts grogna contre l'animal, d'un grognement profond et menaçant qui monta de son ventre, franchit sa bouche entrouverte et frappa les petites oreilles dodues de la bête comme des coups.

L'ours suspendit son approche. Il se figea sur ses quatre pattes et balança, hésitant, la tête d'un côté à l'autre.

Le fusil sur la nuque et le pas raide, Siverts monta vers la maison. Le grognement menaçant s'articula et les mots sortirent à flots.

« Tire-toi de là, minus ! tonna-t-il, tu te figures quand même pas qu'j'ai peur de toi. » Il montra un de ses poings. « Parce que toi, tu n'es qu'une grosse faignasse qui traîne ici et là à gêner les phoques et autres braves gens. Du vent, évapore-toi, misérable pisse de vache ! Ha... ha. »

Il eut un rire tonitruant, hystérique.

« Ha... ha... ha... faire peur à Siverts, non mais, couille molle ! Maintenant c'est moi qui vais t'effrayer pour de bon, tu vas voir ! »

Il envoya un long crachat vers l'ours et tapa du pied dans la neige.

« Tire-toi, fulmina-t-il, ou je te piétine à mort, lavette ! »

L'ours regarda Siverts avec étonnement. Quelque chose lui échappait. La conduite de cet être humain sortait de toutes les conventions. L'homme avait d'abord hurlé d'horreur, ensuite il avait couru à s'en arracher la peau, et maintenant, intrépide, il attaquait avec un nouveau et encore plus long tisonnier en poussant d'horribles cris de guerre. Il était peut-être, malgré tout, plus dangereux qu'il n'en avait l'air. Le premier tisonnier l'incitait à une certaine prudence, et l'ours commença presque imperceptiblement à lâcher pied devant Siverts.

« Fous le camp, petite merde ! »

Siverts brandissait le fusil et criait, non sans témérité.

« Jusque dans le fjord. J'veux plus t'voir rôder par ici et gâcher mon sommeil, crébondieu. »

L'ours fixait l'arme qui brillait dans la lumière de la lune. Et comme il craignait que celle-ci soit aussi terrible que la première, l'effrayant tisonnier, il sauta rapidement sur le côté et laissa passer Siverts.

Sans honorer son adversaire du moindre regard, Siverts marcha d'un pas lourd vers la maison. En chaussettes, il monta droit vers la Villa de la Falaise, pestant et jurant comme un boucanier complètement bourré. Il passa la porte et la claqua derrière lui d'un coup de pied.

« C'est comme ça qu'il faut les traiter, ces écorcheurs, grogna-t-il, là il en a eu pour son grade. »

Encore tremblant d'indignation, il remit l'eau du thé à bouillir. Et c'est en fait seulement après la deuxième tasse de thé qu'il revint à lui. La colère le quitta presque aussi brusquement qu'elle l'avait pris, et il dut s'asseoir sur une chaise, ses jambes refusant de le porter.

« Doux Jésus, murmura-t-il, qu'est-ce qui n'aurait pas pu m'arriver ! » Il transpira fortement à cette pensée et loucha vers la porte. Le fusil était appuyé contre le cadre, et le voir lui donnait une certaine sécurité. Il se leva, verrouilla la porte et posa le fusil sur le séchoir. En quelques minutes, la culasse avait dégelé et était à nouveau utilisable. Siverts chargea, arma et sourit, satisfait.

« Maintenant il peut s'approcher, dit-il. Enfin, s'il en a toujours envie après ce coup de semonce. »

Mais l'ours n'avait pas renoncé à Siverts. Il avait simplement appris la leçon et était devenu prudent. Il se tint loin de la porte, car on ne savait jamais quels coups fourrés pouvaient encore sortir de là. C'est pourquoi, une fois Siverts disparu à l'intérieur, l'ours se retira tout doucement vers une pierre couverte de neige à une dizaine de mètres de la maison. Couché sur cette pierre, il observa la porte. Plusieurs fois, Siverts sortit la tête en tenant son flingue prêt à la hauteur de la hanche. Il arrivait tout juste à distinguer l'ours à la lueur de la lune ; il essaya de tirer mais sans arriver à bien viser dans l'obscurité. L'ours ne bougea pas d'un millimètre. Il regardait la cabane d'un air toujours fixe, une patte sur son museau noir, se croyant invisible.

Siverts avait l'impression que l'animal ne tenterait rien au cours de la nuit. Il s'installa donc sur les douves de tonneau, une peau de renne qui avait été clouée au mur sur la poitrine et le fusil sur le ventre. Il avait baissé la lampe au minimum sans l'éteindre, et ainsi couché, il se sentait tout à fait à l'aise et plein de courage.

« Si demain il n'a pas suivi mon petit conseil de mettre les bouts, on videra ce petit différend, pensa-t-il ; apparemment, c'est moi qui ai le dessus maintenant. »

Et il s'assoupit, cette plaisante pensée bourdonnant dans sa tête.

Mais l'ours avait des pensées à peu près identiques dans la sienne. La maison devenue silencieuse, et quand il ne vit plus de lumière par les fentes, il s'approcha sans un bruit de la porte. Avec une infinie prudence et une infinie lenteur, il se hissa sur le toit où il se coucha, une de ses lourdes pattes pendant au-dessus de l'entrée. À un moment ou à un autre, l'homme sortirait et alors l'ours lui ferait recevoir le ciel sur la tête.

Siverts dormait profondément, confiant. Quand il se mit à ronfler bruyamment, l'ours flaira nerveusement l'air. Mais comme il ne trouva pas de rapport entre ce bruit désagréable et les dangereux cris de guerre d'avant, il resta tranquillement sur le toit. Il coucha en arrière les cornets dodus qui lui servaient d'oreilles et se lécha les babines, plein d'espoir.

Quelques heures plus tard, le froid réveilla Siverts. La cuisinière s'était éteinte, et quand il augmenta la lampe, il vit que la gelée blanche brillait sur les murs. Il balança ses jambes par-dessus le bord de la couchette et chancela endormi jusqu'à la caisse à charbon. Il y en avait encore assez. Quatre morceaux, gros comme des courges bien mûres. Siverts regarda le charbon d'un air découragé, et il soupira profondément en repensant qu'il avait oublié la hache en bas, à côté des chiens. Les chiens ! La hache ! Tout d'un coup, il se rendit compte de la gaffe qu'il avait commise. Pourquoi n'avait-il pas coupé les cordes avec la hache et libéré les clébards ? Ils auraient pu tenir l'ours sans aucun problème. Les lobes des oreilles de Siverts en rougirent. Cela ne devait jamais se savoir. Une fois pour toutes, c'était dit ; on ne devrait jamais parler de cette chasse à l'ours. On le prendrait pour un idiot ou un menteur, et il serait la risée de toute la côte. Toute cette maudite histoire ne souffrait aucune excuse. D'abord il s'était laissé attaquer, ensuite il s'était laissé poursuivre comme un lapin, puis il avait oublié de libérer les chiens, et enfin il s'était débarrassé de l'ours en le houspillant vertement.

« Dès que je me suis réchauffé, murmura-t-il, je sors et je descends ce sagouin dans les formes, voilà ! »

Il retira un morceau de charbon de la caisse et le coinça entre ses pieds. Ensuite il saisit son fusil, qui était la seule chose suffisamment dure dans la baraque, et, de la crosse ferrée, donna un coup sur le charbon. Le morceau se cassa en deux et Siverts continua sa besogne.

Le fusil de Siverts était un excellent fusil. Il avait servi sur la côte pendant de nombreuses années et avant cela, dans l'armée danoise, en 1889. C'était un fusil à la crosse massive qui se chargeait par la culasse et avait participé à bien des choses. Mais le poids des ans sur la crosse, les innombrables coups tirés, les mauvais traitements sur la glace, et maintenant ces coups répétés sur le charbon, eurent pour conséquence qu'exceptionnellement, il trahit. Sans préavis et avec une énorme détonation, le coup partit.

La balle siffla tout près du gros nez de Siverts, à travers son ardente frange rousse et sortit par le toit. La lampe s'éteignit par la même occasion.

Siverts laissa tomber le 89. Il poussa un hurlement d'effroi et tomba par terre à la renverse. Le calme une fois revenu, il chercha les allumettes à tâtons. Le silence était total. La détonation resta longtemps suspendue entre les oreilles de Siverts, et c'est seulement quand il entendit à nouveau sa propre respiration haletante qu'il prit conscience d'un curieux bruit de gouttes qui tombaient, comme de la glace qui fond par une chaude journée de printemps.

« Allons bon : qu'est-ce que c'est encore ? » gémit-il, effrayé. Il frotta une allumette et ralluma la lampe. Et là, devant ses pieds, grandissait une mare rouge sang. Il blêmit comme un cadavre et son cœur battit la breloque dans sa poitrine.

« Touché, chuchota-t-il d'une voix rauque, je me vide de mon sang. »

Du coup, il se sentit las et misérable et dut s'asseoir par terre. Une douleur lancinante jaillit de la région du cœur.

« Qu'est-ce que je fais maintenant ? », se lamenta-t-il en tournant son regard vers le plafond à la recherche d'une éventuelle réponse de là-haut.

La réponse lui arriva sous la forme d'un mince filet de sang qui coulait lentement par le trou de la balle.

« Ben dis donc, dit-il en se levant, qu'est-ce que c'est que cette histoire, bordel ! »

Il s'étira pour se hausser et mettre un doigt

dans le trou. Le sang était chaud et avait bon goût.

« Mais, putain, c'est un goût de sang d'ours, grogna-t-il ; nom de Dieu, tu paries que ce crétin a clamecé là-haut. »

Malgré le sang et le silence côté toiture, Siverts fut très prudent en ouvrant la porte. Une patte d'ours, molle, se balançait juste au-dessus de l'entrée et quand il la toucha avec le canon du fusil, il comprit qu'il n'y avait plus de vie dedans.

« Hé, hé, se gaussa-t-il, cette massue-là était sûrement prévue pour moi. Ça, c'était vraiment une putain de chasse à l'ours. Personne ne gobera ça. » Il sortit et éclaira la toiture avec sa lampe Petromax. Là-haut l'ours était couché, grand, jaune et raide mort. Siverts secoua la tête pensivement :

« Voilà qui règle le problème, se dit-il pour lui-même. Si c'est ça la fin, je ne dois pas en souffler le moindre mot à qui que ce soit. »

Siverts arriva à la Cabane du Vent assis dans la peau de son ours. Il avait passé quelques jours à la Villa de la Falaise pour nourrir les chiens et congeler la peau de l'ours en forme de traîneau. Il s'était cousu un anorak en peau de renne et un capuchon en bœuf musqué avec son sac de couchage, et il avait enfilé ses jambes dans le chandail islandais qu'il avait en réserve dans le sac du traîneau ; il s'était ainsi procuré un pantalon chaud. Il était donc à la fois bien nourri, au chaud et de bonne humeur en rentrant.

La première chose à faire était naturellement de sauter sur ces exceptionnelles tinettes qu'il possédait en commun avec Lause. Ainsi installé, il se réjouit du confort et du panorama. Par la moitié supérieure de la porte, laissée ouverte, il voyait jusqu'à la plage où Lause était en train de regarder son traîneau original.

« Que s'est-il passé, Siverts, cria Lause, votre traîneau a cassé ? »

Siverts répondit :

« Il s'est fatigué dans les congères, Lause. Il s'est couché et n'a plus rien voulu savoir. »

« Et l'ours, d'où vient-il ? » Lause était curieux de nature.

« Ah, l'ours. Hé, hé... c'était comme qui dirait une balle perdue, tu comprends ? Rien de spécial, Lause, juste un petit ours ordinaire qui avait plus envie de rentrer avec moi que de se promener dehors à tous les vents. »

Siverts ferma le haut de la porte et chuchota :

« Voilà qui est intelligent, mon petit Siverts. Pas un mot, comme ça tu pourras conserver ta réputation d'honnête homme et de bon chasseur. »

Post-face de l'éditeur

Drôle de bonhomme, ce Jørn Riel. La pipe sempiternellement rivée aux lèvres, placide, imperturbable même, et plutôt silencieux : est-ce le désert arctique qui a forgé ainsi son caractère, et la fréquentation des Inuit qui lui a donné ce sens aigu de l'écoute ? Ou bien les longues soirées des hivers danois de son enfance, lorsque, dans l'appartement familial à Copenhague, il écoutait pendant des heures Knud Rasmussen ou Peter Freuchen raconter à son père leurs expéditions au-delà du Cercle Polaire ? Le père de Jørn était le coiffeur attitré de la Cour Royale de Danemark, mais il préférait de loin à sa charge et à ses ciseaux les aventures que lui faisaient vivre – par procuration pourrait-on dire – Rasmussen et Freuchen, ces pionniers scandinaves de l'exploration polaire. Jørn raconte parfois, avec un sourire, que Rasmussen le faisait sauter sur ses genoux et Freuchen sur sa jambe de bois (il avait dû s'amputer lui-même lors d'une de ses expéditions). C'est donc encore enfant que Jørn Riel comprend que le monde appartient à celui qui va jusqu'à ses confins, qu'il y a encore des espaces où la nature est souveraine, et où les mots n'ont de raison d'être que s'ils se limitent à l'essentiel – ou à l'extraordinaire.

Au lendemain de la guerre – il a alors 15 ans – Jørn informe son père qu'il va faire une virée en vélo avec un copain sur les petites routes du Danemark. Gros mensonge. Après avoir traversé une Allemagne complètement ravagée par les bombardements, il se retrouve à Paris dans l'euphorie de la Libération : un souvenir ensoleillé après des années de plomb. À son retour à Copenhague, Jørn s'apprête à affronter les foudres paternelles. Et il n'a pas tort : son père l'engueule copieusement. Mais aussitôt l'orage passé, il s'empresse de lui dire : « Bon, alors, maintenant raconte-moi. C'était bien ? »

Mais il faut vivre, donc travailler. Jørn se voit mal vétérinaire comme le rêve son père. Travailler pour vivre, passe encore, mais vivre pour travailler quand un monde si vaste l'attend, ça non. La solution viendra là encore de l'Arctique. Le grand spécialiste danois de l'Arctique dans les années 50, c'est le Docteur Lauge Koch. Pour ses expéditions, Lauge Koch a besoin d'opérateurs-radio, de navigateurs et de géologues. Qu'à cela ne tienne ! Jørn suit les formations, passe les examens et signe, à dix-huit ans, un contrat d'une année pour l'Arctique. Il y restera seize ans.

Sa première affectation le conduit sur l'Île d'Ella, avec pour toute compagnie un garçon eskimo de son âge, Ugge, qui ne parle pas un mot de danois. Jørn pour sa part ne connaît pas encore la langue des Inuit. Au départ, la communication est donc limitée entre nos deux compères, mais ils s'apprivoisent, apprennent à se comprendre, et une belle amitié durable va se nouer, qui ne*

* Le mot « eskimo » est le nom donné par les Indiens du Canada aux Inuit. Il est d'ailleurs un peu ironique, voire péjoratif, signifiant quelque chose comme « les bouffeurs de viande », car les Inuit mangeaient de la viande crue. Aujourd'hui, on les appelle par le nom qu'ils se donnent à eux-mêmes, *Inuit*, ce qui signifie « les Êtres Humains ».

s'achèvera qu'il y a quelques années, avec la disparition tragique d'Ugge au cours d'une chasse en solitaire sur la banquise.

De quoi peut-on parler, des heures durant, auprès du poêle qui ronronne, au cours des longues nuits polaires ? Il y a tout un tas d'histoires qu'on se raconte de génération en génération chez les Inuit, leurs mythes, leurs migrations, leur Histoire. L'imagination de Jørn Riel s'inspire de ces récits et quelques années plus tard, il passera trois années à voyager à travers les immenses étendues des pays des Inuit : le Groenland, Le Grand Nord canadien, l'Alaska et la Sibérie, faisant des recherches qui l'amèneront à l'écriture de merveilleux romans. Pour ne citer que deux ouvrages dans une œuvre exceptionnellement riche, il y a le cycle Le chant pour celui qui désire vivre, *retraçant un millénaire de la vie des Inuit et* Le jour avant le lendemain, *un superbe roman, peut-être son chef-d'œuvre.*

L'autre partie, les fameux racontars arctiques, *s'attache aux trappeurs des compagnies de chasse. Il s'agit ici de Suédois, Danois, Norvégiens, Islandais, parfois quelques Féroiens s'enrôlant dans ces compagnies qui, depuis environ 1900 et pendant une cinquantaine d'année, ont entretenu des stations et cabanes de chasse dans les étendues désertiques du nord-est du Groenland, si riche en gibier : ours polaire, renard blanc, phoque. Jørn Riel a juste le temps de connaître ce monde avant qu'il ne disparaisse sous l'effet de la modernisation et de la transformation que subit le Groenland à partir des années 50. Les chasseurs qui hibernent, en solitaire ou par deux ou trois dans des constructions souvent bien rudimentaires, forment une communauté très soudée, même s'il faut parfois plusieurs jours de voyage en traîneau à chiens pour rendre visite à son plus proche voisin – il s'agit de quelques dizaines d'hommes dispersés sur un territoire grand comme la moitié de la France. Malgré les distances, tout se sait, c'est ce qu'on appelle là-haut le courrier kamik, version arctique du téléphone arabe. Et périodiquement, on fait des fêtes fabuleuses, et passablement arrosées, et l'on se raconte des histoires. C'est ces histoires que Jørn Riel nous rapporte dans la série des* racontars arctiques. *« Un racontar », il aime le répéter, « c'est une histoire vraie qui pourrait passer pour un mensonge. À moins que ce ne soit l'inverse. » Et il insiste toujours sur un point capital : il n'a rien inventé, il n'a rien fait d'autre que rapporter. Jørn Riel ne se considère pas comme un écrivain, mais comme un conteur. Il raconte les histoires qui étaient dans l'air du temps, un temps à jamais révolu.*

Quand Jørn Riel rencontre, encore aujourd'hui, les rares survivants de cette époque, ceux-là même qui l'ont inspiré pour créer les personnages de Bjørken, Valfred ou William-le-Noir and Co., il s'entend toujours reprocher de ne pas avoir relaté les événements tels qu'ils se sont réellement passés, d'avoir « affadi » en quelque sorte. Et Jørn doit se défendre en rétorquant que jamais aucun lecteur n'aurait pu gober tout ça s'il avait vraiment dit toute la vérité.

Jørn Riel vit maintenant en Malaisie, pour « décongeler », dit-il. En fait, il est plutôt du genre oiseau migrateur. Il voyage, beaucoup, partout là où il y a de la nature et des êtres humains.

Table des matières

Jørn Riel

Le garçon qui voulait devenir un Être Humain

trilogie pour enfants et adultes
traduite du danois par Susanne Juul et Bernard Saint Bonnet

1 – *Le naufrage*

ISBN 2-84720-010-X, 96 pages, 8,50 €

2 – *Leiv, Narua et Apuluk*

ISBN 2-84720-011-8, 96 pages, 8,50 €.

3 – *... et Sølvi*

ISBN 2-84720-012-6, 108 pages, 8,50 €.

la trilogie complète sous coffret
ISBN 2-84720-009-6, 25,50 €, novembre 2002

Il y a longtemps de cela, Leiv, un jeune Viking islandais, embarque sur le drakkar de Thorstein à destination du Groenland, bien décidé à venger la mort de son père.
Mais la vie en a décidé autrement. Et c'est un voyage d'un tout autre ordre qu'il sera amené à faire : celui de la tolérance, de l'amitié et de l'amour.
Jørn Riel signe ici un conte groenlandais pour petits et grands, où il n'est question, avec pudeur et sobriété, que de choses essentielles.

Composition Gaïa Editions
Achevé d'imprimer en mai 2004
sur les presses de France Quercy à Cahors (France)
sur Perle sanguine 100 g spécialement fabriqué
par les papeteries de la Gorge de Domène pour

Gaïa Editions
Chiroulet
40250 Larbey

téléphone : 05 58 97 73 26
télécopie : 05 58 97 73 39

www.gaia-editions.com

Dépôt légal : première édition, mai 2004
N° d'impression : 40766